双葉文庫

白戸修の事件簿

大倉崇裕

目次

白戸修の事件簿

ツール&ストール

I

白戸修《しらとおさむ》は、テレビのスイッチを入れた。ニュースを読み上げるアナウンサーの顔が、ぼやけている。まだ、完全に目が覚めていないのだ。流しで冷水を頭から浴びる。ようやく目の焦点が合ってきた。

昼まで寝ていようと思っていたのに、目覚まし時計のセットを間違えたらしい。時刻は午前七時である。

ポットでお湯をわかし、コーヒーをいれた。もちろんインスタントである。万年床に座り、一口すする。

掛け布団の下から一冊の本が顔をのぞかせている。『破産法概論』。昨夜、読みながら眠ってしまったのだ。

――まいったな。

白戸は本を手に取った。

今日は、卒業のかかった期末試験の初日。破産法は三日目である。

昨年まで、破産法の試験には、ノートや教科書の持ちこみが可とされていた。出題は簡単な論文が一問。教科書をその場で丸写しにすれば、間違いなく合格点をもらえる……はずだった。

その方針が、今年からなぜか変わってしまった。持ちこみは一切不可。出題範囲は『破産法概論』丸々一冊分。

他の学生たち同様、白戸も大慌てで資料探しに奔走した。出題予想などを記したコピーを入手したものの、時すでに遅し。結局、分厚い『破産法概論』をただ呆然と眺めているうちに、試験期間に突入してしまった。頭の中は空白。破産法とはいったい何なのか、それすら判らない。

「まいったなぁ……」

白戸は、既に就職先が決まっていた。十五社受けてやっとひっかかった出版社——。もし破産法を落とせば、単位不足で卒業できなくなる。そうなれば、就職は取り消しだ。

白戸はため息をついた。まあ、就職活動とアルバイトに明け暮れ、講義に出なかった自分が悪いのだが……。資格は運転免許と英検三級。一留、成績は「優」がたったの二つ。新たな就職先を探すのは、容易ではないだろう。

コーヒーをすすりながら、白戸はぼんやりとテレビの画面を見た。ニュースは終わり、ワイドショーが始まっていた。

『月島の古書店店主変死事件』

テロップが流れ、若いレポーターがスタジオで喋っている。

「この事件は一週間前、中央区月島で起こりました」

レポーターは月島一帯の地図をだし、説明する。

「月島五丁目の古書店で、店主の猪田甲治《いのだこうじ》さんが死体で発見されました。警察は事故と他殺の両面で捜査を進めていますが、まだ結論は出ていません」

レポーターの横に並ぶ、初老のコメンテーターが口を開いた。

「死体の状況というのは、どうなっていたんですか？」

「遺体は店舗内で発見されました。本棚の一つが倒れており、猪田さんはその下敷きになったと思われます。直接の死因は後頭部の打撲です」

「倒れた拍子に打ったってこと？」

「実は、その傷を巡り、警察内で意見の対立が起きているようなのです」

おどろおどろしい音楽とともに、赤字のテロップが画面に登場する。

『事故か？　殺人か？　古書店店主変死事件に新事実！』

ジリジリと玄関の呼び鈴が鳴った。壊れた電話が呻くような音。

時計は七時半を指している。こんな時間に、いったい誰だろう？

「どなたですか？」

「ひさしぶり、八木《やぎ》だけど……」

ドアの向こうから、頼りなげな、か細い声が返ってきた。

「八木？　八木、八木……」

とたんに記憶がよみがえってきた。八木純矢《じゅんや》。大学で同期だった男だ。同じ年に入学し、一年早く卒業した男。警察関係の業界紙を発行している、小さな会社に就職したはずだ。

ドアを開けるや否や、八木は転がりこむように、中に入ってきた。顔色が悪く、げっそりと頬がこけている。

「いったい、どうしたんだ？」

白戸はきいた。八木とは、それほど親しくしていたわけではない。学校で開かれた就職説明会で、何度か顔を合わせただけの間柄だ。たまたま同じ企業の面接を受けるということで、二度ほど飲みに行ったことはあったが。

昨年、一足先に卒業した八木とは、以来音信もとだえていた。そんな八木が突然訪ねてきた。これは何かあるに違いない。

「まだ、ここにいてくれて助かった」

八木はそれだけ言うと、放心したように黙りこんでしまった。ただならぬ気配に、とりあえず白戸はコーヒーをいれてやり、カップを渡した。カップが一つしかないので、自分の分は縁の欠けた茶碗にいれる。やかましいので、テレビも消した。

八木は口を閉じたまま、湯気をたてているコーヒーを見つめている。気詰まりになり、白戸は言った。

「明後日、卒業のかかった試験があるんだ。破産法、おまえもとってただろう」

八木は小さくうなずいただけ。この場の雰囲気にはそぐわない話題だったが、他に何も思いつかない。仕方なく、白戸はつづけた。

「今年から持ちこみが不可になってさ。全然目処《めど》がたってないんだよ。昨夜もほとんど徹夜だったんだ」

八木は、床に置かれた『破産法概論』に目をやる。そして、小さな声で言った。

「忙しいときにすまない。勉強の邪魔はしたくないんだけど……」

「別にいいさ。それで、何か用なの？」

「実は、助けて欲しいことがあるんだ。こんなことを、君に頼める義理ではないんだけど……」

「水臭いこと言わないでさ、とにかく言ってみろよ」

白戸の言葉に、八木はふぅ、と大きく息を吐きだした。そして、

「追われているんだ」

赤みの戻ってきた八木の頬が、再び蒼白になる。

「追われてる⁉　誰に？」

白戸は驚いてきき返した。わずかな沈黙。コーヒーを一気に飲みほして、八木は言った。

「警察に」

「何だって⁉」

「殺人容疑で追われてるんだ」

「さ、殺人って……」

白戸は思わず後ずさった。殺人犯と一つ部屋にいる。その恐怖感が、むくむくと膨れ上がっていった。八木はそんな白戸を見つめながら、テーブルにしわくちゃになった新聞を広げ

た。一週間ほど前の三面記事のようだ。

「これだ」

『中央区で古書店店主変死』

今の今まで、ワイドショーで取り上げていた事件だ。古書店内で店主の死体が発見され、警察は事故、他殺の両面で捜査をしているとか。

「さ、殺人容疑って、これ……？」

「白戸、信じてくれ。俺はやってない」

2

午後三時。中野駅北口は人で埋まっていた。そんな雑踏の中でも、男を見つけだすのは容易だった。背は白戸よりも低い。一七〇には届かないくらいだろう。無精髭の伸びたうすぎたない顔が、きょろきょろと周囲をうかがっている。ベージュ色をしたよれよれのジャケットに、同色のスラックス。白戸は恐る恐る声をかけた。

「あの、山野井《やまのい》さんですか？」

白戸を見上げる目が、鋭く光った。

「電話をくれたのは、あんたか」

低い声でそう言うと、一人さっさと歩きだした。ついてこいということか。

駅前ロータリーに面している小さな喫茶店に山野井は入っていく。店員の案内も無視して、窓際の席に陣取ってしまった。

コーヒーを注文し店員が去ると、白戸は頭を下げた。

「どうも、白戸です」

「山野井だ。八木が、大変らしいな。あいつには、いろいろと世話になったんだが」

内ポケットから、せかせかと煙草を取りだす。

山野井大介《だいすけ》。元警視庁捜査第三課、スリ係の警部補だった男だ。

八木の入社した出版社が発行する業界新聞は、「警察日報」という。その名の通り、警察関連の業界紙であり、全国警察署の様々なトピックを記事にしている。警察庁長官の訓示から、春の交通安全運動の結果報告まで、警察にまつわる種々の話題を取り上げるのだ。八木は入社早々、警視庁担当記者となり、あちこち走り回っていたらしい。当然各課のキーマンとも顔なじみとなる。山野井はスリを専門に追いかける叩き上げの捜査官で、鉄道警察隊も含めた専従捜査員の長を務めたこともあるという。

山野井が苦笑しながら言った。

「俺がクビになった後も、何かと声をかけてくれてな」

山野井が懲戒免職となったのは、半年ほど前のことである。八木の言葉を借りれば、「スリの親玉と取引をしていた」らしい。そのことが、週刊誌にすっぱ抜かれ、責任を取らされたのだ。

「それで、八木のことなんですが……」

白戸は本題に入った。山野井については、あれこれ詮索はしない方がいいと、八木から言われていたのである。

山野井は煙草に火をつけ、目を細めながら白戸を見た。

「警察に追われていると言ってたな。容疑はいったい何なんだ」

「殺人です」

山野井の眉がつり上がる。

「殺人？」

「でも、八木はやっていないと言っています」

「犯人はたいていそう言うぜ。それで、ヤツは今どこに？」

「僕の下宿でかくまっています」

「大丈夫なのか？」

「八木とは、この一年間一度も会っていません。警察に目をつけられるまで、もう少し時間はあると思います」

「もって、二日だな」

もうもうと煙草を吹かしながら、山野井は言った。

「それで、いったい誰の殺害容疑なんだ？」

「げほっ」

ひっきりなしに吐きだされる煙に耐えられなくなり、白戸は咳きこんだ。山野井は苛ついた様子で、

「どうした？　早く言え」

「い、猪田甲治殺害容疑です」

煙が、一瞬とぎれた。白戸を睨みつけていた山野井の視線が、一瞬宙を泳ぐ。

「山野井さん？」

しばしの沈黙ののち、答えが返ってきた。

「猪田っていうと、月島の古本屋の事件か。あれは、事故だと聞いたがな……。くわしく話してくれ」

猪田の死体が発見されたのは、一月二十日、一昨日の正午である。発見者は隣人。昼になっても店が開かないことに不審を抱き、猪田宅を訪ねたのだ。

玄関のインターホンを押したものの、返事がない。猪田の家は一階が店舗、二階が住居スペースになっている。隣人は旅行にでも行ったのかと思ったが、念のため店の表側に回り、ウインドウごしに店内をのぞきこんだ――。

八木が渡してくれた新聞をしまい、白戸は言った。

「店内の本棚が倒れ、猪田さんはその下敷きになっていたそうです。すぐに警察が呼ばれ、現場検証が行われました」

「そのへんのことは、俺も知っている。警察は事故と他殺の両面で捜査を進めていると言っていたが」

「猪田さんの店は老朽化が進んでいて、本棚の設置もいい加減だったそうです。たまたま、本の整理をしていた彼の上に、巨大な棚が倒れてきた。事故との見方が有力らしいのですが……」

「なら、なぜ八木の所に刑事がくるんだ？」

山野井はせっかちな性格らしく、苛々とした様子で二本目の煙草に火をつけた。

「山野井さんも聞いていませんか？　八木が立ち退きでもめたこと」

山野井はすぐに思いあたったようである。

「ああ、あの件か。法的に何とかできないのかって、少し前に相談されたよ。すごい剣幕だった」

「問題のマンションに行ったことはありますか？」

「いや。だが場所と名前は聞いた。月島の三丁目にある『リバーサイド月島』というマンションだとか」

「そこのオーナーが猪田さんだったんです」

山野井は肩をすくめて言った。

「それも聞いてる。もっとも立ち退きの件に関して、非は八木の方にあるんだがな」

「僕もそう思います」

編集兼記者という職業のせいもあって、八木の生活は乱れていた。深夜の帰宅などあたり前で、深夜、泥酔状態で帰ってきては、廊下で歌をうたったりしていたようだ。

当然、近所から苦情が出る。不動産屋に怒鳴りこむ者まで現れる始末だ。結局、不動産屋はオーナーである猪田と相談し、八木に退去を求めることにした。しかし、八木は頑として首を縦にふらなかった。大もめにもめた末、結局契約書を盾にとった不動産屋が、八木を叩きだしてしまったのである。

だが、ことはそれだけで収まらなかった。

「一月《ひとつき》ほど前、酔っぱらった八木は、居酒屋にいた猪田さんに殴りかかったらしいんです」

山野井が苦笑する。

「あいつが酒乱だったとは、知らなかった」

「年寄りだと思って、なめてかかったんでしょうね。ですが、猪田さんは柔道三段だったそうです。軽くあしらわれて、地面に叩きつけられた。大勢の人が見ている前で、彼は大恥かかされたわけです。そのときの捨てゼリフが、『いつかぶっ殺してやる』だったそうで……」

「そいつはまずいな」

「二週間ばかり前にも、八木は月島交番で保護されたそうです。泥酔状態で、しきりと猪田さんに対しての恨みを口にしていたとか」

山野井はあきれ果てた顔で、

「そこまでいくと、自業自得だぜ」

「ふだんは真面目でおとなしいヤツなんです」

「酒乱なんて、そんなものさ。日ごろの鬱憤《うっぷん》が、酒の力を借りて一気に噴きだすんだ」

酒をあまり飲まない白戸には、よく判らない感覚だ。前後不覚になるほど飲めば、自分も暴れたりするのだろうか。

山野井が話を本題に戻す。

「しかし、それだけのことで刑事がやってくるっていうのも解せないな」

「そこなんです。猪田さんの死について、警察がどう考えているのかは判りません。ただ……」

「ただ？」

「あいつ、猪田さんが死んだ夜、あの家に行ってるんです」

「何？」

煙草に火をつけようとした、山野井の手が止まる。

「猪田さんが死んだのは、今から一週間前、一月二十日の深夜零時ごろということです。彼は、その時刻に猪田さんを訪ねているんです」

「なんてこった」

「それだけじゃないんです。八木は、猪田さん宅から出てくる不審な男を目撃したと言って……」

山野井が目を細めた。火のつかなかった煙草を灰皿に突っこむ。

「どういうことか、整理して話せ」

「八木は、どうしても猪田さんが許せなかった。そこで、有楽町でしこたま酒を飲み、その勢いをかりて猪田宅へ殴りこもうとしたらしいんです」

「馬鹿なヤツだ」

「午前零時近くになると、猪田宅周辺は人通りもなくなります。勢いこんでやって来た八木は、インターホンで猪田さんを呼ぼうとしました」

「呼ぼうとした？」

「インターホンを押そうとしたとき、中から人の出てくる気配がしたそうです。そこで、脇にある植えこみの陰にしゃがみこみ、身を隠した」

「ふむ、それで？」

「玄関の扉が開き、男が一人飛びだしてきたそうです。男の姿が消えるのを待ち、八木は家の中に入りました。玄関扉は開けたままになっていたそうです。様子が変だと思いながらも、八木は家の中へと入って行き……」

「死体を発見したのか」

山野井の眉間に、深い皺が寄った。白戸はうなずき、

「あまりのことに、そのまま逃げだしたそうです」

「そこで警察に通報しなかったのはまずかったな」

「いきなり死体を見つけ、焦ったんでしょう。あの近辺で、二人のいさかいを知らない人は

いなかったらしいし」

「すぐ逃げたってことは、指紋もそのままだったんだろうな」

「その上、蒼白になって月島駅周辺をうろうろしているところを、通行人に見られています」

「どこまでも馬鹿なヤツだ。それで、その後の八木の行動は？」

「木場にある自宅マンションに帰って震えていたそうです。職場には病気だと電話をいれたとか。その職場から、昼過ぎに電話がきたそうです。所轄の刑事が、おまえを探していたぞって。職場の人間は、仕事の件と勘違いしたらしいんですよ。ことがことだけに、刑事も用件をはっきりと伝えなかったとみえて」

「それにしても、よく逃げられたものだな」

「自宅を飛びだすのと、刑事たちがやってくるのがほぼ同時だったと言ってました。刑事がエレベーター待ちをしている隙に、マンションの裏口から逃げたと」

「なるほど。あちこちを転々としたあげく、今はおまえの下宿にいるってわけか」

壁にもたれ、ガックリとうなだれる八木の姿が、脳裏に浮かんだ。

山野井は新たな煙草に火をつける。

「八木の登場で、警察も殺しの線で捜査を始めたんだな」

「はっきりとは判りません。ただ、ワイドショーや何かでは、何度か取り上げられているみたいです」

「しかし、その件と俺と何の関係があるんだ？　俺は、やり手の弁護士でもなんでもない。ヤツの話を聞かされても、何もできないぞ」

白戸は、山野井の顔をまっすぐ見つめながら言った。八木は肉体的にも精神的にも追い詰められている。白戸以外に、もはや頼る者がいないのだ。彼のためにも、ここで引き下がるわけにはいかない。

「八木が目撃した男、そいつを見つけてもらえませんか？」

「何だと？」

「そいつが真犯人かもしれませんよね？　そうでなくたって、八木の無実を証明してくれるかも……」

ふんっ、と山野井が鼻を鳴らした。

「そんな雲を摑むような話にのれるかよ。この東京に、いったい何人の男が……」

「八木は、男の顔を見ているんですよ」

山野井がゆっくりと腰を上げる。白戸は構わずにつづけた。

「街灯に照らされたほんの一瞬なんですが、たしかに見たと言ってます」

「たとえ顔が判っていても、結果は変わらない。警察の力も借りず、顔だけで人を探しだすなど、この東京では無理な話だ」

「もう一つ、手がかりがあるんです」

山野井の動きが止まる。鋭い視線を、白戸に向けてきた。

「言ってみろ」

「八木は、その男に会ったことはない。けれど、写真で何度か見ていたらしいんです」

「写真で？」

「山野井さんも知っているはずだと言ってました」

「俺も知っている？」

「手配写真です。スリの手配写真で見た男だったそうです。名前は桑田《くわた》」

「本当か？」

山野井が身を乗りだしてくる。興味が戻ってきた様子だ。白戸はホッと胸をなで下ろした。

「八木の新聞で、防犯の特集を組んだことがあるそうです。その取材の過程で、警視庁内に貼られた『手配スリ』の写真を見たと言ってました。桑田というスリを、山野井さんに見つけて欲しい。これが、八木の頼みです」

山野井はしばらく口をきかなかった。煙草の灰を落とそうともしない。

「山野井さん？」

白戸は声をかけた。とにかく時間がない。いつ警察が白戸の下宿を突き止め、踏みこんでくるかもしれないのだ。

「一つきいておきたいことがある。猪田の家から出てきた桑田は、手に何か持っていなかったか？」

「え？」

「八木は何か言ってなかったか？　桑田は荷物を持っていたか、それとも手ぶらだったか」

白戸は、八木から聞いた話を思い返す。

「そういえば、桑田は封筒のようなものを手にしていたと」

山野井の目が輝いた。

「封筒か。たしかにそう言ったんだな」

山野井が、どうしてそんなことにこだわるのか、白戸には理解できない。そんな白戸を無視して、山野井は勢いよく立ち上がった。

「最後に、もう一つききたいことがある。重要なことなんだがね。おまえ、八木の言うことを信じたのか？」

「はあ？」

「八木が真犯人でないと、おまえは信じているのか」

白戸は言葉に詰まった。八木が真犯人？　そんなこと、考えてもみなかった。友達が殺人容疑で追われているということ自体、ピンときていないのに。

「殺人現場から立ち去るスリを見た……。あいつの言っていることは、うさんくさいことばかりだぜ。自分で殺しておいて、嘘八百を並べているのかもしれん」

呆然として、白戸はつぶやいた。

「そうか、八木が嘘をついている可能性もあるのか……」

山野井が、くぐもった笑い声をたてる。

「おまえ、けっこうお人好《よ》しなんだな。一緒にこい。雲を摑むような話だが、やれるだけやってみよう」

3

「桑田を見つけるには、仲間をたどっていくしかない。まずは、ヤツらの仕事場に行ってみよう」

中野駅のホームへ出ると、山野井が言った。

喫煙場所で煙草を一本吸うと、すべりこんできた中央線快速、東京行きの最後尾に乗る。

平日の午後四時、車内は比較的すいていた。立っているのは、白戸たちの他数人だけだ。

山野井が言った。

「俺が現役のころ、桑田は一匹狼の箱師だった。今はどこでどうしているのか……」

「箱師？」

「電車を仕事場にしているスリのことさ」

駅につくたびに、車内はすいていく。座席もいくつか空いているのだが、山野井は座ろうとしない。寝不足の白戸は、少しでも座りたかった。

「山野井さん、座っても……」

口を開いた白戸を、山野井が手で制した。

「優先座席に座っている男がいるだろう」

ささやくような声。「ヤツは箱師だ」

白戸はちらりと座席の方に目をやった。三人がけの席に、間を空けて二人が腰かけている。山野井が指摘したのは、奥に座っている白髪の老人のことらしい。グレーのジャケットを着て、右手には杖を持っている。どう見ても、ふつうの老人だ。箱師だと言われても、にわかには信じられない。

電車が四ツ谷駅を出たとき、老人が動いた。じりじりと右横の乗客に近づいていく。

「一人でやるつもりだな。右横の男がカモさ」

カモと言われた男は、週刊誌に熱中している。

『次は御茶ノ水……』

アナウンスがかかると同時に、老人は腰を浮かせた。歩きだそうとして、バランスを崩す。はずみで杖がはね上がり、先端がカモの週刊誌をはじき飛ばした。

「ああ、すいません」

カモは威圧的な目で老人をにらみつけ、床に落ちた週刊誌を拾い上げようとする。座席からわずかに腰を上げた。そこへちょうど重なるように、老人もかがみこむ。杖を拾うためだ。

「本当に申し訳ありません」

老人が再び頭を下げるのと、電車が御茶ノ水に到着したのはほぼ同時だった。ホームに降りたとたん、老人の背すじがピンと伸びた。足取りも軽く、階段に向かって歩いていく。杖が必要なようには、まったく見えない。

「降りるぞ」

肩を叩かれ、白戸はホームに押しだされた。扉が閉まり、電車が発車していく。雑踏の向こうに、軽快に杖をくるくる回しながら歩く、老人の姿が見えた。

「急げ」

山野井にこづかれ、白戸も慌てて走りだす。

改札に向かう階段のまん中で、山野井は老人に追いついた。山野井の顔を見た老人は、一瞬にして蒼白になった。山野井はドスをきかせた声で、老人に迫る。

「まだ財布は処分していないよなぁ。次の駅で、被害者を確保してもらってもいいんだぞ」

老人は、自分の懐をしっかりと押さえたまま、怯えた目で、山野井を見つめた。

「旦那はサツを辞めたって……」

「一般人でも現行犯逮捕はできるんだ。財布と被害者が揃えばな」

老人は既に観念しているようだった。

山野井は、白戸に笑いかけた。

「偶然こいつに会えるなんて、運がいい」

4

「さっきのスリなんですけど……」

往来する何千という頭を眺めながら、白戸は尋ねた。「いつ財布を掏《す》ったんですか？」

東京駅八重洲口の南口通路。公衆便所の前に立つこと二十分。山野井の目的は何なのか。御茶ノ水駅で老人を問い詰めた山野井は、二つ三つの質問をした。あたりをはばかる小さな声だったので、二人のやりとりが白戸には聞こえなかった。

老人の答えに満足したのか、山野井は再び中央線に乗り、東京までやってきたのだった。そして、そのまま便所の前に直行。出入りする男どもの顔に一瞥《いちべつ》をくれながら、じっと立ちつくしている。

山野井が言った。

「あいつは、元介《げんすけ》っていう箱師でな。何度もパクってやったものさ。中央線最後尾は元介のナワバリだ」

「ナワバリ……ですか？」

「そう。最後尾の優先席に陣取り、カモを待つんだ。四ツ谷駅が近づくと、持っている杖をわざとカモにぶつけ隙を作る。雑誌を拾おうとして、腰を上げただろう。掏ったのはそのときだ」

カモの動きに合わせ、元介もかがみこんだ。あの瞬間か。山野井はつづけた。

「男の約六十パーセントは、右側の尻ポケットに財布を入れる。そんな統計があるんだ。ヤツらは、まずそこを狙う」

白戸は思わず尻ポケットに手をやった。確かに、いつも財布を入れるのは右の尻ポケットだ。

「心配するな。誰もおまえなんて狙わないよ。大して入ってないんだろう」

図星だ。全財産三千円。

「ヤツらの目は鋭い。金を持っていそうなカモはすぐに見分けられる」

自分はスリにすら、相手にされないということか。貧乏であることは自覚しているが、あまり気分のいいものではない。白戸は財布を前のポケットに入れ直した。そのとき……。

「きたぞ」

山野井のささやきが聞こえた。

「え?」

「キオスクの前の男だ。紺色のジャンパーを着ている。あいつから目を離すな」

それだけ言うと、山野井はトイレの中に入っていく。どうしたというんだ? 急に小便がしたくなったのか?

ジャンパーの男は、そうしているうちにもすたすたと歩き始める。スポーツ新聞を小脇にはさみ、白戸の方へぶらぶらやって来た。白戸は改札口に目をやり、待ち合わせ相手を捜しているふりをする。男は白戸の前を通り過ぎ、トイレへと向かった。

ジャンパー男が入ろうとしたとき、でっぷりと太った中年の親父が、中から出てきた。ダブルの背広が今にもはちきれそうになっている。

「うわっ！」

二人は正面からぶつかった。衝撃で、親父の背広のボタンがはじけ飛ぶ。ジャンパー男の方は、後ろへとひっくり返り尻餅をついていた。

先に謝ったのは親父の方だった。

「こ、これは、申し訳ない」

「いや」

ジャンパー男も立ち上がろうとする。そのとたん、ジャラジャラと小銭が床にばらまかれた。ジャンパー男の財布が床に落ち、小銭が飛びだしたのだ。

「ああ」

腰をかがめながら、小銭を拾い出すジャンパー男。何とも哀れな恰好だ。

「おやおや」

脇にいたサラリーマン風の男が、小銭拾いを手伝い始める。

「これは、申し訳ありませんな」

親父もしゃがみこみ、あちこちに散らばった小銭を集めだした。ボタンが取れ、ダブルはだらりと両脇に垂れ下がっている。

間もなく、床の小銭はすべて拾い集められ、ジャンパー男の財布に戻された。

「どうも、お手数をかけまして」

「こちらこそ、どうも申し訳ありません」

ダブルの親父はなおも何度か頭を下げ、新幹線の改札口へと歩いていった。

白戸は、一連の騒ぎをぼんやりと眺めていた。ジャンパーのヤツ、見かけによらず金持ちなんだな。床に散らばった小銭はかなりの数だった。五百円玉も交じっていた。白戸は視線をジャンパーに戻す。男は、財布をポケットに入れるとトイレに背中を向けた。改札から外へ出るつもりらしい。何だ、入らないのか。

そのとき、トイレの陰から山野井がすべるように出てきた。白戸についてこい、と目で合図を送ってくる。

——な、何だ？　あのジャンパー男は放っておくつもりなのか？

白戸に口を開く暇すら与えず、山野井は丸の内方面へと通路を走っていく。白戸は必死に後を追ったが、さっぱり追いつくことができない。山野井はものすごいスピードで、雑踏の間をすいとすり抜けていく。さすがは、元刑事。白戸は姿を見失わないようにするのが精いっぱいだ。山野井が体の向きを変えた。東海道線ホームへの階段を駆け上がっていく。

白戸は階段の途中で立ち止まった。息が切れてしまったのだ。手すりを摑み、深呼吸をくり返す。

——こんなことなら、何か運動の一つでもやっておくんだった……。いくら刑事だったとはいえ、あんな中年に負けてしまうなんて。

白戸がホームに上がったとき、山野井はホーム中央部の柱によりかかっていた。前にいるのは、何とさきほど小銭拾いを手伝ったサラリーマンである。二人は旧知の間柄でもあるかのように、親しげに談笑している。白戸は駆け寄って声をかけた。

「や、山野井さん……」

「おぅ」

山野井が片手を上げる。「紹介しよう、スリの田代《たしろ》だ」

「ちょっと、そんな言い方はないじゃないですか」

綺麗に刈りこんだ髪、皺一つないグレーのスーツ。サラリーマンにしか見えない、この男がスリ……？。

「もういいでしょう、山野井さん。鮫川《さめかわ》たちなら、有楽町にいますから」

田代と呼ばれた男はそわそわと落ち着きがない。顔では笑っているが、一刻も早く山野井から離れたがっているようだ。

山野井は、犬でも追い払うかのように手をふった。それまで愛想のよかった田代の目に、一瞬凶悪な光が宿った。ぺっとその場に唾を吐き、田代は肩をいからせながらホームを後にした。

山野井がつぶやく。

「けっ、銭のばらまきなんて古い手を使いやがって」

白戸は思わず声をあげた。

「銭のばらまきって、まさか……」

「田代とジャンパーはグルさ。ジャンパーは、トイレ前でカモを見つける。カモが見つかれば、そのままぶつかっていく。ぶつかった瞬間に、床に小銭をばらまくんだ。ころあいを見て、サラリーマンが手助けに入る。カモが銭拾いを手伝おうと無視しようと関係ない。ぶつかって、小銭に目を奪われた瞬間、カモは無防備になる」

「じゃあ、ダブルのボタンがはずれたのも……」

「偶然じゃない。ジャンパーがぶつかった瞬間にはずしたんだ。実際に掏り取るのは、サラリーマンの役目だ。途中参加した見知らぬ男に、カモは目を向けない」

白戸はスリの現場に二度いあわせた。しかし、その瞬間を目撃することはできなかった。

山野井は階段を下りていく。

「スリのすごさが判ったか。有楽町だ。標的は近いぞ」

いつの間にか、陽が傾きつつあった。時計を見れば五時半である。早朝、八木が転がりこんできて以来、めくるめくような一日だった。八木には申し訳ないが、白戸の心は浮き立っていた。時を忘れて駆け回ることなど、ここ数年絶えてなかったことだから。

5

有楽町銀座口にあるガード下の寿司屋。店内は思ったよりも広く、奥には座敷まである。六時前だというのに、席はほとんど埋まっていたが、幸いカウンターが二つ並んで空いていた。

山野井がきいてきた。

「おまえ、金持っているか?」

「さっきも言いましたけど、三千円しか持っていないんです」

「だせ」

「え?」

「ここでしばらく時間を潰す。俺の持ち金だけじゃ足りないかもしれん」

「そ、そんな。この三千円で、月末まで暮らさないと……」

「犯人を見つけたら、八木からもらえ。三倍にして請求しろ」

ごつい右手が、目の前に差しだされる。場合が場合だけに、断ることはできそうもない。しぶしぶ財布をだす。千円札三枚が山野井のポケットに消えていく。

「さぁ、食うぞ」

席につき注文しようとする山野井を、白戸は押しとどめた。

「食うぞって、そんな場合じゃないでしょう。寿司を食べて、八木が助かるんですか」

八木に残された時間は二日。そう言ったのは山野井ではないか。

山野井は平然としたまま、煙草に火をつける。

「まぁ、落ち着け。闇雲に走り回っても仕方がないことだろう。相手はスリなんだぜ。そう簡単に尻尾を摑めやしない」

「それは、そうですが……」

たしかに、山野井の行動は鮮やかだった。わずか半日のうちに、スリの現場を二度も押さえてしまったのだ。しかし……。

「じゃあ、何でみんな逃がしてしまうんです？　捕まえて警察に突きだせばいいでしょう」

白戸の言葉を聞いて、山野井は苦笑した。

「おまえスリのこと、何にも知らないんだな」

「当たり前です。一応まっとうな学生ですから」

「スリを逮捕するためには、必ずその現場を押さえなければならない。つまり、現行犯でなければ捕まえられないんだ。このくらい常識だぞ」

山野井の目が刑事のそれになる。昔を思い出しているのだろうか。

「刑事がスリを捕らえるのは至難の業なんだ。毎日毎日、雑踏の中でスリが現われるのを待つ。挙動不審な者を見つけると、それとなく張りついて、尾行していく。運よく仕事に及んでくれればしめたものだ。その場で即逮捕さ。ぐずぐずしていると、掏り取った財布を隠されちまう。盗品である財布を持っていなければ、いくら掏り取る瞬間を目撃していても、逮捕はできないからな」

いつしか、白戸は話に引きこまれていた。煙草を灰皿に押しつけ、山野井はつづける。

「問題はもう一つある。スリ事案の場合、被疑者と一緒に被害者も押さえなければならないんだ。被疑者が所持している財布が自分の持ち物であることを、証言してもらわなければならないからだ。これがけっこう厄介でな」

「でも、被害者なんですよね。だったら進んで警察に協力するんじゃあ……」

「それがそうもいかないんだ。被害者は、自分の財布が掏られたなんてことには気づいていない。そこにいきなり刑事がきて、同行してくれなんて言われてみろ。パニックを起こしてしまうんだ。刑事の手をふり切って逃げちまう。現行犯逮捕で現場は騒然としているからな、一度見失ったらそれっきりさ」

山野井も、そうして何度か失敗したことがあるのだろう。無念そうに目を細めた。

「今日の午後、俺はスリの現場を二件押さえた。だが、あいつらを警察に突きだすことはできないのさ。ヤツらは法に守られている」

「犯罪者が法に守られているというのも変な話ですね」

白戸の言葉に、山野井は肩をすくめた。

「それが現実さ」

「でも、何であいつらをとっちめたんですか？　どうせ無駄なら放っておけばいいじゃないですか」

「おいおい、おまえ、俺たちの目的を忘れたのか？」

「目的？」

そうだ。桑田というスリを見つけだし、八木を助けるんだ。目の回るような追跡ですっかり呆けていた。山野井がにやりと笑った。

「スリを見つけだすんだろうが。スリを探すのなら、仲間からたぐるしかない。ヤツらはあれで横のつながりが強い。どの仕事を誰がやったのか、ある程度は把握している」

「スリの現場を押さえて、仲間の居場所を吐かせようって算段ですか」

「そうだ。だが、先の二人は知らなかった。だから、別の仲間を紹介してくれたってわけだ」

「それなら早くそいつのところへ……」

「だから、ここにきたんじゃないか」

「へ？」

白戸は東京駅のホームでスリがもらした言葉を思い起こした。

――有楽町。

「まさか、この店が……」

「俺に任せとけ。よし、ビールに枝豆だ」

カウンターごしにビンビールと枝豆が差しだされた。山野井は上機嫌でグラスにビールをつぐ。ビールには目もくれず、白戸は枝豆をむさぼり食った。空腹というのもあったが、この勘定は自分が払うのだ。食べねば損だ。七時近くとなり、店はますますこんできた。入りきれないサラリーマンたちが、やむなく引き揚げていく。

入れ代わりに、六人の男が入ってきた。

「あのぅ、今夜予約を入れておいた佐藤《さとう》ですけど」

なぜか怪訝そうな表情を浮かべ、店員が近づいていく。

「ご予約ですか？」

「ああ、七時から六人」

店員は首を傾げつつ、レジ下の帳面をのぞきこんだ。

「佐藤様ですか……。今夜は予約をお受けしていないようなんですが」

佐藤と名乗る年配の男は、一向にひるむ様子を見せない。

「そんなはずはないよ。たしかに電話いれたんだから」

「それは、いつごろでしょうか」

店員との間で押し問答が始まった。戸口で待たされた五人の男は、それぞれ話をしながら、壁際に並んでいる。座敷やカウンターに陣取った客たちは、彼らに注意を払うこともしない。

店員と佐藤の押し問答は五分近くもつづいただろうか。やがて佐藤と名乗った男は首を傾げつつ、

「おかしいなぁ、こっちの勘違いかなぁ」

店員はほっとした表情になり、帳面を閉じた。

「仕方ないな、よそへ行こう」

佐藤にうながされ、残る五人もしぶしぶ店を出て行った。店内はあいかわらずの喧騒。

「行くぞ」

山野井が立ち上がる。白戸からまき上げた三千円をレジに置く。ビール一本に枝豆一皿。おつりくらい返してくれるかと思ったが甘かった。レシートとともに自分のポケットに放りこむと、

「急げ」

山野井の動作は機敏だった。白戸を待つことなく、店を走り出ていく。三千円の件は後回しにして、白戸は駆け足で後を追った。山野井は、雑踏をぬいながら、佐藤の後をついていく。

「あれ?」

走りながらも、白戸は首を傾げた。佐藤は、たった一人で歩いている。ときおりガード下の飲み屋に目を向ける程度で、これといったあてもないようである。さきほどの連れはどこへ行ったのか。彼らと別の店を探すのではなかったのか。

山野井が佐藤の肩に手をかけた。佐藤の顔色が変わる。

——まさか彼もスリ……?

佐藤は山野井と白戸を交互に見ながら、

「旦那、いつの間に相棒なんて見つけたんです？　サツは辞めたって聞いてたんですが」

「あざやかな手並みを見せてもらったよ。佐藤とはありふれた名前を使っているじゃないか」

白戸は口をはさんだ。

「手並みって、どういうことです？」

「おまえ、見てなかったのか？」

山野井が苦笑する。「あの壁際にいた五人だよ。ハンガーにかかってたスーツから、ごっそり抜いていきやがったんだ」

「あっ」

白戸には、彼らの手口がようやく理解できた。佐藤は囮《おとり》だったのだ。店員の注意を引きつけ、仲間を店内に引き入れる。交渉が終わるのを待つふりをして、仲間は壁際へと寄り、目の前の獲物をかっさらった。一月とはいえ、狭い店内は暖房の熱気でむんむんしていた。皆、上着を脱いで、ハンガーにかける。スリたちにとっては、恰好の獲物だったのだ。

「するとこの人が鮫川……」

「旦那、勘弁してくれませんか。俺、行くところがあるんですよ」

鮫川はそわそわと駅の方を見る。あの寿司屋では、そろそろ被害に気づく者が出てくるはずだ。顔をしっかりと覚えられている鮫川としては、なるべく早く現場から離れたいのだろう。


だが、山野井は彼の前を動かない。鮫川は口を尖らせ、

「なんだったら、懐を見てもらっても構わないですぜ」

鮫川が盗品を持っているはずがない。盗品はすべて仲間の五人が持ち去っているはずだ。今ごろは中身だけ抜かれて、トイレのゴミ箱にでも放りこまれているだろう。

山野井の言葉がよみがえる。

『現行犯でない限り、スリは逮捕できない』

「そう邪険にしなさんな」

山野井は落ち着いたものである。「警察に突きだしたりはしないさ。その代わり、教えてもらいたいことがある」

鮫川の眉がぴくりと動いた。山野井はぐっと顔を近づけ、小声で言った。

「桑田はどこにいる?」

「そ、そんなこと聞いてどうしようって言うんです? 仲間を売るなんてこと……」

「そんなんじゃねぇ。サツがらみの話じゃないんだ」

「しかし、山野井さんほどの人だったら、東京中のスリを知っているでしょう。わざわざきいて回る必要はないんじゃないですか」

鮫川は、のらりくらりととぼけようとする。山野井が声を荒らげた。

「それが判らないんだ。俺はもう刑事じゃないからな。とっかかりがないんだよ」

ふん、と鮫川が鼻を鳴らした。

「山野井と言えば、俺たちですら一目おいていたのに。情けねえことになってるんですな」

侮蔑をこめた視線だった。しかし、山野井は動かなかった。黙って鮫川をにらんでいる。

「まぁ、野郎に義理はないからな。教えてあげますよ」

背を向けて歩きだす鮫川を、山野井が追った。

「今すぐ会いたいんだ。どこへ行けば会える？」

「高田馬場。そこで、カモを見つけているらしいですぜ」

「高田馬場のどこだ？」

「ポスターの前ですよ。後は二人で探してください」

鮫川は足を速め雑踏の中へと消えた。半歩踏みだした恰好のまま、山野井はじっとその場にたたずんでいた。

6

中野、東京、有楽町、そして高田馬場。午後八時を過ぎたばかりだが、白戸はへとへとに疲れていた。

「一日中走り回って、また立ち番ですか……」

「疲れたのか？　だらしがねぇ」

疲労の影すら見せず、山野井が笑った。

白戸たちが立っているのは、JR改札口から地下鉄東西線改札へとつづく通路である。柱の陰に隠れるようにして、道行く人々に目を光らせている。

白戸は膝をさすりつつ、

「こんなことで、桑田が見つかるんですか」

山野井は答えない。じっと正面を見すえたままだ。白戸はその視線をたどった。

――通行人を見ているんじゃない。

白戸は気がついた。山野井が見ているもの。それは……。

『スリに注意』

通路の壁に貼られたポスターだった。

肩から鞄をかけたOL、その鞄に差しこまれる手。警視庁が作った防犯ポスターである。

桑田は高田馬場にいる、と鮫川は言った。さらに、『ポスターの前だ』とも。

「桑田もどこかであのポスターを見ている」

「え？」

なぜ、スリがスリ防止のポスターを見なければならないのだ。山野井の意図が、白戸には判らない。山野井はため息をつき、言った。

「スリのポスターを見たとき、おまえならどうする」

「どうするって……」

白戸は壁のポスターに目を戻す。『財布は内ポケットへ』『鞄の中などは危険です』などスリ被害の防止策が書かれている。

今、財布はどこに入っているだろうか。何となく気になってきた。たしか、ズボンの前ポケットに入れたはずだ。ポケットに手をやる。小銭しか入っていないとはいえ、ふっくらとした感触がある。

それを見た山野井が満足げな笑みを浮かべる。

「おまえはそうやって、スリに報せているのさ。私はズボンの前ポケットに財布を入れていますってな」

「つまり桑田は、どこからかこの『反射』にひっかかるカモを見ていると？」

「身なりのいいカモがひっかかれば、ヤツはそいつを尾行する。スリは常に慎重だ。実際に行動を起こすまで、カモの行動を徹底的に探る。動作に癖はあるか。右利きか左利きか。財布はどこに入れているか。財布の形はどうか。札と小銭は一緒に入っているのか。財布は縦向きか横向きか。財布を確認する動作で、その大半が判るんだ。桑田のようなプロは、その機会を逃さない」

山野井は、ポスターを中心にちらちらとあたりに注意を向けだした。「ヤツは変装しているはずだ。気をつけろ」

「そんなこと言われたって……」

山野井はともかく、白戸は桑田の顔を知らない。八木からだいたいの人相を聞いているだけだ。これだけの人込みの中から見つけだすのは不可能に近い。

立ち番を始めて一時間。山野井がついに動いた。

「ついてこい」

小声で言う。帰宅を急ぐ会社員、学生、酔っ払い。山野井の前には、いくつもの背中があった。そのどれが桑田でどれがカモなのか、白戸には判断がつかない。

ホームにアナウンスがかかった。人の流れにそい、大手町方面のホームへと向かう。

早足で歩きながら、山野井がささやいた。

「できることなら現場を押さえたい。とぼけられたくないからな」

どうやら電車に乗りこむ腹のようだ。轟音とともに電車が到着し、人の波が動く。午後九時。帰宅を急ぐサラリーマンで、どの車両も混雑していた。イスにへたりこんで寝ている者、吊革にもたれ首をたれている者。皆、疲れている。

——隙だらけだな。

そんなことを思いながら、白戸は電車に乗りこむ。吊革を持ったところで、また山野井のささやきが聞こえた。

「ドアの前の男、ヤツに間違いない」

白戸は視線をドアの方へ送る。

「あいつが桑田……」

ドア付近には、中年のサラリーマンが三人、吊広告を眺めながらぼんやりと立っている。

目的の男は、彼らのすぐ後ろにいた。黒いポロシャツに、ジーンズ。肩まで伸ばした髪。その容姿は、白戸と大して変わらない。

「まるで学生じゃないですか……」

今日一日で、白戸は何人ものスリを見てきた。老人、サラリーマン風、労働者風。そして今度は学生だ。

横に立つ山野井が小声で言う。

「外見で判断するな。若く見えるが、本当の年齢は判らない」

電車は早稲田を過ぎ、神楽坂へと向かう。桑田に動きは見られない。山野井は、車両の中ほどまで下がり、桑田との距離をあけた。あまりマークしすぎると悟られる恐れがあるからだ。幾人もの頭の向こうに、桑田の顔が見え隠れする。人の体を盾にしながら、山野井はちらちらと視線を走らせる。眉間に刻まれた深い皺が、山野井の緊張を物語っていた。

「ヤツの目を見ろ。乗り降りの合間に、懐を狙う気だ。内ポケットに財布を入れているカモを物色している」

桑田の周囲に立つサラリーマンたち。桑田の目は、彼らの内ポケットに向けられていた。

電車は竹橋を過ぎた。

「やるとしたら大手町だ。乗り降りが多い」

山野井の顔つきが引き締まる。いよいよ、最後のチャンスが近づきつつあるのだ。心臓の鼓動が速くなり、吊革を持つ手が汗ばんできた。

『まもなく、大手町……』

　周囲がざわつき始める。イスにかけていた乗客が数人立ち上がる。桑田の周りにいた男たちも、ドアの方へと向かいだした。その動きに同調するように、桑田も体の向きを変えた。右手がすっと持ち上がる。小太りの中年男とのすれ違いざまだ。掏り取る瞬間。それが、白戸にもはっきりと見えた。やった！　ついに仕事の現場を押さえた。

「こらぁ！　桑田」

　突然の罵声。桑田に、屈強な男が三人飛びかかった。

「まずい」

　山野井の声が聞こえたような気がした。

　桑田は男三人に囲まれていた。

「おまえ、今やっただろう」

「な、何のことっすか？」

「今やったやないか」

　男の一人は関西弁だ。「わしら見とったんやで。財布だしてみい」

　喧騒の中、電車は発車する。密室となった車内で、客たちの視線がからみ合う。

「な、何なんですか。僕は降りたかったのに」

　桑田は怯えきった目をして、周囲の男たちを見上げる。

「駅についたら降ろしてやるさ。おまえにききたいことがたっぷりあるんだからな」

ここにいたって、白戸は状況を理解した。三人の男たちは刑事だ。スリを狙って、車内で張っていたのだ。

——何てことだ。

目の前が暗くなった。あと一歩のところで、またもや邪魔が入ったのだ。それも、今度は警察だ。今、もっとも会いたくない相手……。まったく、何て間が悪いのだろう。

電車が日本橋駅にすべりこむ。ドアが開くと同時に、桑田はホームへと連れだされていった。両脇を刑事に摑まれ、半ば引きずられるようにしながら。

山野井に肩を叩かれた。

「降りるぞ」

両脇を刑事に固められた桑田は、周囲の視線にさらされながら、駅構内を連行されていった。山野井は、その後ろを慎重に尾けていく。何しろ相手は「本職」である。少しでも不審な行動をとれば、すぐに発見されるだろう。

刑事たちは、手近の出口から地上に出た。日本橋とはいえ夜の九時過ぎともなると、車の通行量も減っている。交差点の手前に、赤色灯をつけたパトカーが停まっていた。刑事は、桑田をこづくようにして乗せ、その中へと消えていく。

電話ボックスの陰で、パトカーを監視していた山野井がつぶやいた。

「おかしいな。被害者は逃がしたんだが」

「え？」

「財布を取られたあの中年男さ。逮捕のどさくさに、おれが車外へ押しだしたんだ」

白戸が桑田逮捕の瞬間を呆然と見ている間、山野井の姿は消えていた。

「じゃあ、あのとき……」

「刑事の一人が確保に動こうとしたんだがな、周りの客と一緒に突き飛ばしてやったんだ。まさか、自分が被害者とも知らず、そそくさと階段を上って行ったぜ」

「それじゃあ、刑事たちは被害者を確保していないんですね？」

被害者が確保できなければ、逮捕はできない。山野井はそう言っていなかったか。

「桑田の身柄が警察によって押さえられてしまっては、話を聞きだすことができなくなるからな。何とか逃がしたかったんだが……」

桑田は、パトカーの中に連れこまれたまま。解放される様子はない。

「どういうことなんでしょう？」

「別件がからんでいるのかもしれんな。パトカーが用意してあるっていうのも手回しがよすぎる」

「もし桑田が、スリ以外の容疑でも追われていたとしたら……」

山野井は深々とため息をついた。

「もう、限界だな。警察に身柄を押さえられては、どうしようもない。とても、明日までには……」

桑田を乗せたパトカーが走りだした。それを追う気力は、もはや残されていない。テールランプを見送りながら、白戸はその場にしゃがみこんだ。中野を出て休憩もとらず走り回ってきた。その結果がこれだ。

山野井の冷たい一言が、追い打ちをかけてくる。

「運がなかったのさ。あきらめるんだな。俺は手を引くぜ」

すりきれたジャケットが、ひらひらと夜風に舞った。肩を左右に揺らしながら、山野井の姿は夜の闇に溶けこんでいった。

「白戸さんですか?」

どのくらい、そこにしゃがみこんでいたのだろうか。若い女の声で、白戸は我に返った。

「え?」

振り向いた白戸の前に、見知らぬ女が立っている。ショートヘアに、紺色のスーツ。就職活動をしている学生のようだ。白戸よりやや若いくらいか。

長い一日は、まだ終わりそうもなかった。

＊

暗い夜道を、男が歩いてくる。人通りも途絶えた日比谷公園。葉を落とした木々の枝が、北風に揺れている。

男はこれといったあてもないのか、ゆっくりとした足取りで、靴音を響かせていく。小一時間かけて公園を一周し、日比谷側に出た。噴水のある広場。周囲に人気《ひとけ》のないことを確かめ、男は噴水脇の薄汚れたベンチに腰を下ろした。

暗がりの中から、もう一人男が現われた。つけてきたのか、公園内に潜んでいたのか。男の出現は唐突だった。

「桑田だな？」

ベンチの男が顔を上げた。二つの影法師が対峙する。その距離十メートル。

「あんた……」

「えらく簡単に釈放されたんだな。おまえが警察に捕まったときは、どうしようかと思ったぜ」

桑田が立ち上がる。

「どういうことだ？　どうして、あんたがここに」

男が一歩前に進み出た。

「おまえが捕まったのは、丸ノ内署の管内だ。署の前で張っていたのさ。いずれ釈放されると思ってね。まぁ、裏口から出てきたときには焦ったがな。危うく見失うところだった」

男は腕時計に目を走らせた。蛍光の文字盤が、暗闇に浮き出ている。

「午前四時か。おまえさんを追いかけだして、十二時間だ。手間をかけさせてくれるぜ」

「俺を追っていたって、どういうことだ？」

くぐもった笑い声がした。

「猪田が死んだ夜、おまえ、あいつの家に行ったよな」

桑田は答えない。男の様子を慎重にうかがっている。男はさらに一歩、近づいた。

「持ちだした物をどこへやった？」

「知らないな。何のことだ」

「とぼけるな。見たヤツがいるんだよ。おまえが封筒を持って、猪田の家から出てくるところをな」

「な、何のことだ？」

男が桑田に飛びかかった。右手を取り、捻り上げる。桑田が悲鳴をあげた。男の腕の中で、桑田の関節がくの字に締められている。

「折れるぞ。おまえの大事な利き腕だ」

男の声は冷たい。ぐえっと桑田があえぐ。

「き、きさまがやったんだな。猪田さんを、きさまが……」

「これ以上、好きにされてたまるかよ」

男の左手には、鉄棒が握られていた。桑田の動きを封じたまま、左手をふり上げる。

「吐かないのなら、それまでだ」

「山野井！」

植えこみの陰から、男が四人躍り出た。虚をつかれた山野井は、そのまま地面へと押し倒される。

「な、何だ、きさまら」

山野井はすばやい動きで立ち上がる。

男の一人が前に進み出た。手にした懐中電灯を点《とも》し、山野井に向ける。

「猪田を殺したのは、あんただろう。俺たちはだまされんぜ」

山野井が三人に殴りかかった。しかし、多勢に無勢。たちまち逆手をとられ、組み伏せられる。

「く、くそっ」

山野井の絶叫がこだました。

7

「八木君が、あなたを選んだ理由、判る気がする」

向かいの席で、女は微笑んだ。

「あのぅ……」

白戸は思い切ってきいてみることにした。「お名前を教えてもらえませんか？」

女はきょとんとした顔で、白戸を見返した。

「本当の名前なんて、言わないわよ」

「それでもいいです」

女は口許を押さえながら、微笑んだ。

「そうねぇ、山霧《やまぎり》、山霧純子《じゅんこ》とでもしておいてもらおうかしら」

「山霧さん……」

「歳はきかないで」

日比谷にある二十四時間営業の喫茶店。広い店内には、白戸と純子しかいない。午前六時というせいもあるが、それにしても寂しい店だ。白戸は言った。

「でも、今までのことが、全部芝居だったなんて……。すべては、山野井をおびきだすためのものだったのですか？」

「そう。猪田さんの仇を討つためには、それしかなかったのよ」

コーヒーで唇をしめらせると、純子はゆっくりと語り始めた。

「猪田さんもね、昔スリだったの」

「え……？」

「戦前、戦後と凄腕の箱師だったの。スリに組織立ったものは存在しないのだけれど、みんな、猪田さんだけは慕っていたわ」

「でも、そんな人がどうして古本屋なんか？」

「十年前に足を洗ったのよ。そのとき、他の仲間にも引退を勧めたわ。もう、スリの時代ではない。こんなことからは足を洗い、きちんと働かなくてはだめだって」

猪田さんを思いだしているのか、純子は目を伏せた。しばしの沈黙の後、

「猪田さんの勧めに従って、多くのスリが足を洗った。私も含めてね。猪田さんには、今でも感謝しているわ。そんな事情があって、彼の許には、いまだに多くのスリたちが出入りしていたの」

「それが、どうしてこんなことに？」

「捜査三課の山野井という刑事が、足を洗ったスリを脅して金をまき上げている。そんな噂が猪田さんの耳に入ったの。一年ほど前のことよ。猪田さんはものすごく怒って、山野井の行いをマスコミに流した。むろん、匿名でよ」

「すると、山野井がクビになったのは猪田さんの……？」

純子はうなずいた。

「そうよ。でも、残念ながら逮捕まではされなかった。警察流の揉み消しね。懲戒免職にしておしまい。スリと取引をしたとか何とか、適当に理由をつけてね。あそこはそういうところよ」

元スリというだけあって、純子は警察に良い印象を持っていないらしい。

「だけど、それくらいで懲りる山野井じゃなかった。職を失ったあいつは、現職のスリたちを強請り始めたの。現職のスリは、何をされても警察に訴えるわけにいかないから」

「何てヤツだ」

「その件を知った猪田さんは、もう一度、マスコミに情報を流すことにしたの。山野井のことをさらに調べ上げ、強請りの現場写真まで撮って。信憑性を増すために、猪田さん、自分が元スリだってことも言うつもりだったみたい」

「でもそんなことをしたら……」

「猪田さんは、山野井と刺し違える覚悟をしていたの。あいつを本気で刑務所に送りこもうと考えていたのね」

純子は悲しげに首をふり、つづけた。「山野井は何としてでも、その企みを阻止したかった。それで、猪田さんを殺した」

純子の顔に無念の表情が浮かぶ。何ともやりきれない話だ。

「猪田さんは、万一のことを考えて資料と写真を私に預けていたの。猪田さんが亡くなったと聞いて、私は山野井の仕業であることを直感したわ」

「なら、どうしてすぐに資料を公開しなかったんです？」

「私たちにも確信がなかったの。猪田さんの死が、本当に山野井によるものだったのか。そのことをたしかめるのが、先決だった」

「それで、こんな芝居を……」

「巻きこんでしまって、申し訳ないと思っているわ。でも、私たちの気持ちも判って欲しいの」

「八木から聞いたことも、全部作り話だったんですか？　ヤツが夜中に猪田さんを訪ねたことや、桑田さんが家から飛びだしてきたことも」

純子はゆっくりとうなずいた。

「警察は、事故と他殺の両面で捜査を進めてる。でも、これといった進展はまだないみたいね。もっとも、これからどうなるかは判らないけど」

純子は口許を弛めた。顔だちが整っているだけに、妙に艶やかな表情だった。「あなたから連絡をもらって、山野井は焦ったと思うわ。ヤツは、猪田さんに手を下した後、写真を探し回ったはずよ。けれども、その時点でそれは私の手許にあった。見つかるわけがないわ」

「そこに、僕が話を持ちこんだんですね。桑田が、封筒を持って現場を後にしたっていう」

「問題の資料を、桑田が持ち去ったと山野井は考えるはずね。そして、何としても桑田を捕まえようとする。たとえ、罠かもしれないと感じていても」

「でも……」

白戸の頭には、次々と疑問が浮かぶ。「山野井は、どうして僕と行動を共にしたんですか。僕の依頼を断って、一人で探せばよかったのに……」

「山野井の立場から見れば、あなただって不審人物の一人よ。何しろ相談を持ちかけてきた張本人なんだから。あなたが桑田とつながっている可能性だってあるんだから」

「一緒に行動することで、僕の真意を探ろうとしたということですか」

「一日行動を共にして、あなたは無関係だと判断したようだけど」

日本橋で、白戸を残したまま去っていく山野井の姿が思い浮かんだ。純子はつづける。

「山野井が、あなたと行動を共にするであろうことは、私たちにも予測できていたわ。逆に、山野井があなたを切り捨てたら、この仕掛けは成功しなかった」

「どういうことです？」

「あなたには、ストールの役目をしてもらいたかったのよ」

「ストール？」

「煙幕とかフェンスとも言うわ。要するに、スリを働くとき、目くらましの役をしてくれる人間のこと。実際に掏り取る役はツールと呼ばれる。カモの前に新聞を広げ、周囲からの死角を作るのがストール。その隙に財布を抜き取るのがツール」

「僕が、そのストールだったと？」

「山野井は鋭い男だわ。一対一では、見破られる可能性があった。あなたという目くらましがいてくれたから、最後までヤツを引っぱることができた」

「つまり僕は、山野井の足を引っぱりつづけていればよかったわけですか」

「あなたの役割はそれだけではないわ」

純子がニコリと笑った。「私たちは、山野井をずっと尾行する必要があった。だけど、山野井本人に張りついていては、必ず気づかれる。そこで、あなたを尾行の目標にしたの。山野井と常に一緒にいる、あなたを尾行していけば、気づかれることはない」

「はあ……」

「あなたは見事なストールだったわ」

そう言われても、あまり名誉なこととは思えない。白戸の心中は複雑だった。

「とにかく、計画がうまくいってよかったです。でも、考えてみれば運もよかったんですよね。電車の中で偶然、元介さんっていうスリに会えて」

「偶然？　桑田の追跡劇に、偶然は一つもないわ。すべて作られたものなの。箱師の元介さんも東京駅の田代君も、有楽町の鮫川さんも私たちの仲間よ。もちろん、地下鉄の刑事もね」

「あの刑事も？」

「当たり前よ。あれはあなたを山野井から引き離すための計略。巻き添えにしたくなかったから。山野井は、無関係と判ったあなたを捨て、単独で桑田を張る。あとは簡単よ。時間を見計らって、桑田があいつの前に現われる。いま釈放されたようなフリをしてね」

呆然としている白戸に、純子はもう一度言った。

「偶然なんて一度も起こらなかった。判ってくれたかしら」

白戸にできることは、ただうなずくだけだった。何だかんだ言っても、自分は歯車の一つだったわけだ。所詮ストールだったのだ。

「そんなすごいことにかかわっていたなんて、全然気づきませんでした」

「だからこそ、計画はうまくいったのよ」

「一つきいてもいいですか？」

「何？」

「山野井をどうするつもりです？」

純子の口許が弛んだ。さきほどまでの暖かみのある笑みではない、思わず背筋が寒くなるような冷笑だった。

「彼には、それなりの償いをしてもらうわ。証拠の資料もこちらにあるし。新聞やニュースを見ていれば、そのうち判ると思うわ」

それ以上はきくな、純子の目がそう言っていた。白戸は慌てて話題を変えた。

「もう一つだけきかせてください。八木はどうしてあなたがたに協力したんですか？」

白戸の問いに、純子はすぐに答えなかった。テーブルのグラスをジッと見つめている。

「本当は、黙っていてくれと言われているんだけど……」

純子が顔を上げる。「八木君は、猪田さんの過去を知っていたの」

「八木が？」

「マンションの立ち退き問題がきっかけで知り合ったそうよ。最初は険悪な雰囲気だったらしいけど、意気投合してしまったのね。男の人ってよく判らないわ。八木君の仕事を知った猪田さんは、内々に協力を頼んでいたの。元警察官の不正を暴くわけだから、八木君としても複雑な心境だったでしょうけど、結局は協力を約束してくれた」

スリについての記事を、特集として掲載する。その中で、山野井についても触れる。「警察日報」は多くの警官にも読まれている。反響は大きいだろう。

しかし、その目前で猪田は死んでしまった。

「この計画も、ほとんどは八木君が考えたものなの。何としても、猪田さんの仇が討ちたいって」

できれば、八木自身で山野井を追い詰めてやりたかったのだろう。しかし、相手は元捜査三課の刑事だ。八木のつたない演技では、いつ悟られるやもしれない。

純子が言った。

「山野井に近づくためには、まったく関係のない第三者が必要だったの」

純子はそこでいったん言葉を切り、意味ありげな微笑みを浮かべた。「八木君は、まっ先にあなたを選んだわ。頼りないヤツだけど、一番信頼できるって」

ちっとも誉められている気がしない。それでも、何となく気分がいい。

「だまし討ちみたいなことをして、ごめんなさい。でも、あなたの働きがなければ、山野井を追い詰めることはできなかった」

「もう、いいですよ。もともとぼんやり生きていた俺が悪いんです」

「さっきも言ったけど、八木君が、あなたを選んだ理由、判る気がする」

「え？」

「とにかく、何かお礼をするわ。何でも言って」

白戸の胸の中で、ずっと黒い霧がうごめいていた。それが、徐々に晴れていく。妙にすっきりとした気分だ。

「じゃあ、三千円」

「え？」

「山野井に取られたんです。それだけ返してください」

純子が声を立てて笑った。

「あなたって、本当にお人好しなのね」

「よく言われます」

純子の差しだした三千円を受け取ると、白戸は席を立った。

「もう会うこともないでしょうが……」

白戸は右手をだした。「けっこう、楽しませてもらいました」

純子は笑みを浮かべたまま、手を握り返してきた。

白戸が店を出ようとしたとき、純子の声がした。

「試験、がんばってね」

「試験！」

忘れていた。破産法は明日なんだ……。八木のおかげで、勉強どころではなかった。今からでは、とても間に合わない。人を助けて、自分が潰れる。何てことだ。

白戸はふらふらと下宿の階段を上がった。

玄関扉の郵便受けに、封筒がはさまれていた。表には、白戸様と手書きでしたためてある。

封を開けると、Ｂ４大の紙が一枚出てきた。小さなメモがクリップで留めてある。

「試験、がんばってくれ」

八木の字だった。用紙は、試験問題のコピー。破産法……。間違いない、明日の試験問題だ。いったいどうやって……。試験問題は、前日には学校の金庫の中に……。

いや、考えるのはやめておこう。俺は結局ストールなんだ。どうあがいても、ツールにはなれそうもない。

どっちにしても、今日も徹夜だ。

サインペインター

I

暗闇の中、制限速度で走っていた軽トラックが、するすると歩道に寄っていく。

「よし、行け」

有無を言わせぬ野太い声に背を押され、白戸修《しらとおさむ》は助手席から飛び降りた。トラックはまだ完全に停まっていない。

荷台に黒い幌をかけた軽トラックは、電柱の横にぴたりと停車した。電柱とサイドミラーの距離はわずか数センチ。見事な運転技術である。

白戸はトラックの幌をめくりながら、素早くあたりを見回した。

中野区松が丘。物音一つしない閑静な住宅街である。西落合方面へと向かう道には、人っ子一人いない。

「おらっ、何やってる。急げ」

サイドブレーキを引く音とともに、男の怒鳴り声が聞こえた。

白戸は幌の隙間から手を突っこみ、荷台から長方形の物体を取りだした。縦約二メートル、横約五十センチ。木枠にビニール製の生地がのりづけされている。黄色い生地の表面には、毒々しい赤色で、『本日開店　美味松が丘ラーメン』の文字が。

白戸は、やはり荷台から取りだした針金で、それを電柱に巻きつけた。二周回した後、先端をナイロン生地に突き刺す。針金の先端が歩道側に飛びだしていないかを確認して、作業終了。ラーメン屋の新装開店を告げる即席看板ができあがった。

しかし、ほっとする間もなく、トラックの運転席からまたも男の怒鳴り声がした。

「馬鹿野郎、この道は電柱一本につき看板二枚だ」

慌てて荷台に戻り、もう一枚看板を取りだした。同じ要領で針金を巻きつけ、電柱に固定する。

この作業を、もう何回くり返しただろう。白戸はちらりと腕時計を見た。針は午前一時をさしている。作業を始めて三十分。早くも息が上がってきた。

「終わったら、さっさと車に戻れ」

軽トラックは既にのろのろと走りだしている。白戸は小走りに駆け寄り、助手席に飛び乗った。慣れない力仕事に両手がずきずきと痛む。

大きくため息をついた白戸を見て、運転席の男が言った。

「どうした？　眠いのか？」

白戸は力なく首をふった。緊張の連続で、眠気など感じている暇もない。

「おまえ、指から血が出てるぞ」

そんなことは、とっくに気づいていた。針金の先端で切ってしまったのだ。

「この仕事に軍手は必需品だ。よく覚えとけ」

白戸にはいちいち返答する気力もない。早く終わらせて家に戻りたい。万年床に潜りこみ、心ゆくまで眠りたい。

「こら、ぼんやりするんじゃねえ」

また怒鳴り声だ。我に返ると、トラックは既に停まっている。

「す、すいません」

白戸はトラックから転がり出た。


白戸の下宿に電話がかかってきたのは、昨日の午後一時ごろのことだった。

午前四時まで飲んだくれていた白戸は、まだ布団の中にいた。目をつぶったまま手を伸ばし、手探りで受話器を取った。

「ふぁい？」

舌がうまく回ってくれない。何とも間抜けな応答になってしまった。

「白戸か？」

その声には聞き覚えがあった。だが、半睡状態の脳は、まったく回転しようとしない。

「はあ？」

口から出るのは、上ずった声だけ。そんな白戸に業を煮やしたのか、相手は一気にまくしたてた。

「白戸、俺だ、倉田国夫《くらたくにお》だよ。実は、おまえにどうしても頼みたいことができちまってさ。今夜なんだけど、おまえ、時間あるか？」

倉田？　国夫？　倉田国夫……。徐々にではあるが、相手の顔が浮かび始めた。

「倉田？　おまえ倉田か」

白戸はゆっくりと上半身を起こした。「ひさしぶりじゃないか。おまえ、今どうしてるんだよ？」

白戸が倉田と知り合ったのは、大学二年の夏、学生部の前でだった。学生部前の掲示板に貼りだされるアルバイト募集の告知。そこで何度か顔を合わせるうち、自然と言葉を交わすようになったのだ。

倉田は北海道出身。何ごとも笑い飛ばしてしまう豪放磊落《ごうほうらいらく》な性格の男であった。だがそんな彼にも、一つだけ悩みがあった。それは、酪農を営む実家のことだ。

「経営が思わしくなくて」

掲示板の前で会うたびに、倉田はそうこぼしていた。実家の経営状態が悪くなり、倉田への仕送りがストップしたのだ。学費、生活費を稼ぐため、倉田はくる日もくる日もアルバイトに精をだしていた。そのためにほとんど授業に出られないというのだから、これほどの悪循環はない。だが、倉田は一向に、気にしていないようだった。

「せっかく入学したんだ。卒業くらいしてやるさ」

そんな倉田の生き方に、白戸はただただ感心してしまうのだった。

白戸自身は、親許からの仕送りをばっちり受けている。ふつうに暮らしていれば、生活に困ることはない。白戸がアルバイトをするのは、無駄使いがたたり、仕送り日前に金を使い果たしたときだけだ。

そんな白戸だが、どうしたわけか倉田とはウマが合った。様々なバイトを一緒にこなし、ときには食料を恵み合うこともした。

その倉田から、切羽詰まった調子で電話がかかってきた。白戸の眠気は吹き飛んだ。

「どうしたんだ、倉田？　何かあったのか？」

「おれ、怪我しちまってさ……」

「怪我？」

「工事現場でダンプにひっかけられた」

「何だって？　それで大丈夫なのか？」

「今、病院からかけてる。足の打撲だけで済みそうだ」

「卒業まであと一月《ひとつき》なんだぞ。もう現場仕事は辞めたんじゃなかったのか？」

倉田は卒業後、故郷に帰ることが決まっていた。北海道に戻り、家業の酪農を手伝う。それが東京に出る際の条件であったらしい。

それにしても、学生最後の一ヶ月だ。その間くらい、思いきり羽を伸ばせばいいだろうに。

「そうもいかないんだ。俺、帰るまでに少しまとまった金を作りたいんだよ。無理をきいてくれたお礼にさ」

今どきめずらしい、孝行息子だ。

「とにかく、今からウチにこいよ。一緒に飯でも食おう」

「それが、ダメなんだ」

「ダメ？」

「検査がまだ終わらなくて。念のため、レントゲンも撮らないといけないらしい」

電話の向こうが何やら騒がしくなってきた。どうやら、倉田が呼ばれているらしい。

「検査の途中で抜けだしてきたんだ。どうしても、おまえに頼みたいことがあって」

「頼みたいこと？」

「俺の代わりに、バイトに行ってくれないか」

「何だって？」

「今夜のバイトだ。無理矢理頼みこんで入れてもらったんだ。今日行かなかったら、クビになっちまう」

それを聞いた瞬間、何となく嫌な予感がした。防衛本能というやつだ。

「倉田、悪いんだけど、今夜は予定が……」

「頼むよ、こんなこと頼めるのはおまえしかいないんだ。今夜だけでいいんだ」

倉田がここまでねばるのもめずらしいことだ。そもそも、倉田が頼みごとをしてくるなんて、初めてなんじゃないか？

倉田はつづけて言った。

「今夜、十二時に、中野駅の北口改札の前に行ってくれ。先方には俺の方から伝えておくから」

「十二時？　深夜のバイトなのか？」

さらに尋ねようとしたとき、電話は切れた。ツーツーという耳障りな音だけが、聞こえてくる。

——十二時に、中野……。

中野駅北口か。やはり嫌な予感がする。一ヶ月ほど前、白戸はスリ組織がからんだ事件に巻きこまれたことがあった。そのときも、すべては中野駅北口から始まったのだ。白戸にとって、中野は鬼門といってもいい。

——どうしたものか……。

白戸は受話器を置き、しばし考えこんだ。

倉田は今夜行かないとクビになる、と言っていた。たった一度行かなかっただけでクビになるとは、いったいどんなバイトなのだろう。どう考えてみても、まともな仕事とは思えない。

——無視した方がいいかもな。

布団に転がりながら、白戸は思った。卒業を控えたこの時期、危ない橋は渡りたくない。

——だけど……。

白戸の心は落ち着かない。あの朴訥《ぼくとつ》で真面目な倉田がやっていた深夜のバイト。それに対する好奇心が、むくむくと頭をもたげてくる。

——倉田にはいろいろと助けてもらったし……。

そうなると、もう歯止めはきかなかった。

十二時ちょうど、白戸は中野駅北口に立っていた。

2

大柄な男が近づいてきたのは、十二時を五分過ぎたころであった。髪を短く刈り上げ、エラの張った四角い顔をしている。

男は白戸の前にくると、ぴたりと止まった。白戸より頭一つ分大きい。

「倉田の代わりってのはおまえか？」

威圧的な声だ。

「はい、白戸と言います」

「一緒にこい」

男はそれだけ言うと、背を向け歩きだした。わけの判らぬまま、後につづく。

男は、ガード下の路上に駐車してある軽トラックに乗りこんだ。助手席に乗れ、と顎で示す。

白戸が乗るのを見て、男はトラックを急発進させた。割りこまれたタクシーが、派手にクラクションを鳴らす。男はちらりとバックミラーに目をやると、いまいましげに舌打ちをした。

男は無言のまま、トラックを走らせた。中野界隈にあまり土地鑑のない白戸は、自分がどこにいるのか、まったく判らない。

「あのぅ……」

沈黙に耐えられなくなり、思いきって口を開いた。「どこへ向かっているんですか?」

男がちらりと白戸に目を向けて言った。

「松が丘だ」

男の返事はそっけなかった。それ以上の質問を拒絶するかのように、鋭い目を前方に向けている。車の速さは制限速度ちょうど。異常なほどの安全運転だ。

——警察を気にしているのか……。

トラックはT字路を左に曲がり、閑静な住宅街へと入りこんでいった。ひっそりと静まり返った道を、軽トラックがのろのろと進んでいく。巡回中の警官にでも見つかれば、間違いなく職務質問を受けるだろう。

白戸がそっと周囲を見回そうとしたとき、トラックが停まった。

「よし、ここだ」

サイドブレーキを引き、男が言った。

車は三階建てアパートの前に停まっていた。幅広の歩道がある二車線の道路。前方にはバス停も見える。

こんなところに車を停めて、いったい何をするつもりなのか。

助手席でぽかんと座っている白戸に、男は苛ついたように言った。

「何してる、早くしろ」

「は？」

「早く車から降りろ」

そう言われ、白戸はとりあえず車を降りた。吹きつける北風に、思わず体がすくむ。

「のんびりしてる余裕はねえんだ。早く仕事にかかれ」

男はハンドルに両手を叩きつけ、声を荒らげた。

しかし何を言われても、白戸にはどうすることもできない。そもそも、自分は何をするためにここへきたのだろう？

「あの、ここでいったい何をするんです？」

「今、何て言った？」

白戸はきいた。男がきょとんとした表情で、見返してくる。

「俺、仕事の内容、聞いてないんです。ここでいったい何やるんですか？」

男の顔が怒りに歪んだ。

「倉田から何も聞いてないのか？」

「ええ。ただ中野の北口改札に行けと言われただけで」

「あの野郎……」

男は悪態をくり返しながら、運転席から降りてきた。「あいかわらず要領を得ないヤツだ」

男は周囲をぐるりと見回すと、白戸の前に立った。

「俺は日比登《ひびのぼる》って言う。できすぎた名前だが、偽名じゃない」

「はあ……」

「俺の仕事は『何でも屋』だ。引っ越しの手伝いから浮気調査まで、頼まれればそれこそ何でもやる」

「はあ……」

「今夜の受け持ちは、この松が丘住宅街のバス通り一帯だ。ドライバーと見張りは俺が受け持つ。おまえはただひたすら看板を取りつけていけばいい」

「看板？」

「そう、看板だ。おまえ、軍手は持ってきたか？」

そんなことは何も聞いていない。白戸はただ首を振った。日比が顔をしかめる。

「持ってきてない？　倉田は何も説明しなかったのか？」

白戸はもう一度首を振り言った。

「だから何度も言いますけど、何も聞いてないんですよ」

自分が何やら怪しげなことに巻きこまれているのは判っていた。逃げだそうにも、手遅れであることも。白戸は半ば自棄《やけ》になり、日比の顔を正面から見上げた。

「看板って何の看板なんですか？」

日比は細い目を吊り上げ、白戸をにらんでいたが、やがて深々とため息をついた。

「倉田のヤツ、なんだってこんなのを寄越したんだ……」

「僕だって困ってるんです。倉田はとっとと電話を切っちまうし……」

「まあいい、とりあえず頭数は揃ってるんだ。仕事にかかろうや」

日比は、トラックの荷台にかかっている幌を指さした。「この中に、看板が百本入っている。そいつを取りつけるのがおまえの仕事だ。軍手がないならしようがない、素手でやれ。電柱に取りつけるときは、必ず針金で二周巻くこと。先端が歩道に出ていたときは……」

「ちょっと待ってくださいよ」

白戸は言った。「看板を取りつけるって、針金でですか?」

「いちいちうるさいヤツだな。街路樹とか電柱とかに、針金で取りつけるんだ。道ばたに立っているものなら何でも構わん。素早く、確実に。それが、ポイントだ」

日比は鬱陶しげに言うと、トラックの幌をひょいとめくり上げた。

荷台には、木枠とビニールだけでできた、薄っぺらい看板が積み上げてあった。

「時給一万円。どうだ、悪いバイトじゃないだろ」

「時給一万円……?」

白戸は愕然とした。いくら金を稼ぐためとはいえ、倉田はこんなバイトにまで手をだしていたのか。

「さあ、判ったら、さっさと働け。現場はここだけじゃないんだ」

「あのぅ、日比さん?」

「何だ、まだ何かあるのか」

「つかぬことをおききしますが、電柱なんかに看板をつけるのは、違法なんじゃないですか？」

「そう、違法だ。だからバイト代としては破格の値をつけている」

「警察に捕まったりはしないんですか？」

「見つかれば捕まるさ。立派な軽犯罪法違反としてな」

「え？」

「そんなに心配するな。この辺の巡回時間はすべてチェックしてあるし、運悪く見つかったとしてもだな、逮捕まではされないさ」

日比の顔つきがにこやかなものに変わった。一方の白戸は、ますます腰が引けてくる。

「そんな、逮捕されないからって……」

「交番に連れていかれて、少し説教されるだけさ。立ちションベンと同じ」

日比はそう言い残し、自分はさっさと運転席に戻っていく。白戸の目前には百本の看板。

もう、後に引くことはできない。白戸はしぶしぶ一本目の看板を手に取った。

3

「このバイトは通称ステ看貼りと呼ばれてる。街の景観を乱す、嫌われモノさ」

百本のステ看をつけ終わったのは、午前一時過ぎであった。バス通りの両側には、今や毒々しい黄色の看板が躍っている。

近隣の住人がこの有り様を見たら、驚きを通り越して怒りを感じることだろう。

助手席に座る白戸には、後ろめたさだけが残った。

車はいったん新青梅街道へ出て、沼袋方面へと向かい始めた。深夜にもかかわらず、交通量は多い。道路脇のラーメン屋など客でいっぱいだ。

「左側にラーメン屋があるだろう」

日比が言った。「あれが看板の発注元さ」

「あ……」

松が丘ラーメン。看板の文字が脳裏を過《よ》ぎった。

「発注元はほとんどが地元の店さ。新装開店する飲食店や中古車販売、風俗店の客寄せなんかもあるけどな」

この日比という男、強面《こわもて》ではあるが案外話し好きなのかもしれない。ハンドルを握りながら、一人で喋っている。

「看板一本の料金が今の相場だと、だいたい千円見当。百本単位で発注しても十万円だ。広告費としては安い方だろ」

一本の値段が千円。看板の原価は、せいぜい三百円から四百円程度であろう。看板製作会社の儲けを差し引いたとして、この「何でも屋」の許に入る金は、だいたい二百円くらいか。

白戸は一時間で約百本の看板を取りつけた。その時給が一時間一万円。つまり一本、百円ということになる。

——儲けは折半ってことか。

そんなことをぼんやり考えているうちに、車は沼袋界隈の細道に入りこんでいた。

左右にアパートが立ち並ぶ、一方通行の道。日比はその道を堂々と逆走していく。

「ちょっと、こんなことして大丈夫なんですか?」

「証拠となる看板は一本も積んでないんだ。捕まったところで、違反切符を切られるだけさ」

日比は細道を絶妙のステアリングで走り抜け、十字路を右に曲がった。

いったい、どこに向かっているんだろう。白戸はまた不安になった。松が丘のステ看貼りは無事に終わった。ならば、もう解放してくれてもいいのではないか。

夜が明けたら倉田の下宿に行き、嫌味の一つも言ってやるのだ。

そのとき、トラックが急停車した。白戸はフロントガラスに嫌というほど頭をぶつけた。

「馬鹿。シートベルトぐらいきちんとしとけ」

一方通行を平気で逆走する人間が何を言うか。白戸は心の中で悪態をつきながら、自分の連れてこられた場所を確認しようとした。

トラックが停まっているのは、草が茫々と生い茂った空き地であった。左手には一般の住宅が、そして右手には潰れかけた工場が黒々としたシルエットをさらしている。

窓ガラスは半分が割れ、屋根は今にも崩れ落ちそうだ。こんな建物がなぜ住宅街のまん中に残っているのか、白戸には理解できなかった。

「降りろ」

日比が言った。

「え？」

「降りるんだよ。おまえにも手伝ってもらわにゃならん」

日比はキーをさしたまま、ひょいと運転席から飛び降りた。

こんな場所で、いったい何をするつもりなんだ？　白戸は仕方なく日比の後につづいた。

廃屋だと思っていた建物に、明かりが点《とも》ったのはそのときだった。錆びついた鉄製の扉がぎしぎしと音をたて、ゆっくりと開いていく。白戸は本能的に後ろへ飛び退いた。安手の怪奇映画の中に放りこまれたような気分だ。

それを見た日比が苦笑する。

「こんな場所でビビッてるヤツがあるか」

日比はそのまま工場の中へ入っていく。真っ暗な空き地に一人取り残され、白戸はますます心細くなった。

「ちょっと日比さん、待ってくださいよ」

白戸は工場内に転がりこんだ。

その白戸の前に突きだされたのは、ステ看だった。十本ずつ紐でくくられ、ビニールがかけてある。

「こいつをトラックに運びこむんだ。急げよ」

日比は既にステ看の束を三つ、肩に載せている。「予定より一時間ばかり遅れてるんだ。日の出までに、こいつをつけちまわないとな」

日比はほいほいとリズムを取りながら、工場を出ていく。白戸は深呼吸を一つすると、工場の中を見回した。

壁に立て掛けられた様々なステ看。山と積まれた看板用の木枠。

ここは、ステ看の受け渡し場所なのか？　白戸は運びだすよう言われたステ看の束を手に取った。下落合に本社を構える『落合ローン』という金融業者の看板だった。「困ったときはいつでも借りてくれ」といった趣旨の文言が、薄いピンクの生地に赤字で書かれている。

「おまえさん、新顔だね」

どこからともなく声がして、白戸は飛び上がった。「その調子だと、現場も初めてか」

山と積まれた看板の陰から、突然白髪頭の老人が進み出てきた。声の主はこの男らしい。

呆然とする白戸の前で、老人は妖怪じみた笑みを浮かべる。

「悪いことは言わん。日比と仕事をするのは、やめておいた方がいい」

「え？」

白戸の心中に、不吉な黒雲が広がっていく。いったい、この老人は何者なんだ？　日比とはどういう関係なんだ？

「こら、白戸、そんなとこでのんびりしてるんじゃねえ。さっさと運べ」

戸口で日比が怒鳴っている。白戸は慌てて看板の束を手に取った。

「それから、尾崎《おざき》さんよ、新人に余計なこと吹きこまないでくれないか」

尾崎？　この老人の名前は尾崎というのか？

「けけけ」

日比の言葉を受け、尾崎が不気味な声をだして笑った。「峰岸《みねぎし》のヤツらがおまえを狙っているんだろう？　まったく、バカなことをしたものよ。あいつらにケンカを売るなんて」

「何言ってやがる。ケンカを売ってきたのは向こうの方だぜ。俺はただ、相手をしてやってるだけさ」

「ふふーん、その強がり、いつまでもつのかな」

「けっ、爺さんよ、おまえさんがこうして商売していられるのも、俺のおかげなんだぜ。この界隈に峰岸のヤツらが押しかけてきてみろ。こんな工場、一撃で潰されちまうぜ」

二人のやりとりを聞きながら、白戸は背筋に冷たいものを感じていた。

——峰岸のヤツら？　一撃で潰される？

「おい白戸、手を止めるんじゃない。さっさと運べ。金、払わねえぞ」

看板を抱えたまま、聞き耳を立てていた白戸に、日比の罵声が飛んできた。仕方なく、その場を離れトラックの方へと向かう。

住宅街のまん中にある、この奇妙な建物。すべて尾崎とかいう老人の持ち物なのだろうか。

尾崎と日比の関係は……。

そんなことを考えながら、ふと建物を見上げた白戸は、唖然とした。

入り口の上に、小さな看板がかかっていた。大半が錆に覆われ、ほとんど判読不能になってはいるが……。

『尾崎印刷所』

看板にはそう書かれていた。

——ステ看はここで作られていたのか。

違法なステ看である。工場はもっと人気《ひとけ》のない山奥にでもあるのかと思っていたのだが……。

「何ぼんやり空を見上げてんだ？　ＵＦＯでも飛んでるか？」

入り口から日比が姿を見せた。両手にステ看の束を抱えている。

「す、すいません、手伝います」

「いいよ、もうこれで最後だ」

日比は荷台に看板を放りこんでいく。「さっさと行くぞ。夜明けまでにもう一現場だ」

日比に急き立てられ、白戸は助手席に乗りこんだ。エンジン音が、寝静まった住宅街に響きわたる。

白戸はシートベルトを締めながら、何気なく工場の方へ目をやった。ガラスの割れた窓から、尾崎の顔がひょいとのぞいた。深い皺のきざまれたその顔には、不気味な笑みが浮かんでいる。

「日比さん、あの人、こっちを見てますよ」

「口ではあんなこと言ってても、内心は不安で仕方ないのさ。ステ看印刷は、あの工場の生命線だからな」

トラックはヘッドライトもつけず、もときた道を引き返していく。

「ステ看は、あそこで作ってるんですか?」

白戸の質問に、日比が横目で凶悪な視線を向けてきた。

「そんなこと、きいてどうする?」

「い、いえ……別に……」

白戸は身を縮こまらせた。日比はふんと鼻を鳴らして、

「ふつう、バイトの人間を工場には連れて行かないんだ。逮捕されたときの用心にな」

「逮捕?」

「そんなにびくつくな。万一のための用心だよ。バイトの口から工場の場所が割れたら、俺の商売も終わっちまう。今夜は看板の搬入が間に合わなくて、仕方なく連れて行ったが」

日比の一言が、白戸の胸に突き刺さる。つまり、たとえ逮捕されても絶対に口を割るな。もし白状したら、ただではおかないぞ。そうした諸々のことが、日比の言葉の中に内包されているのだ。

「それにしても」

白戸は口を開いた。内心の動揺をごまかすためには、喋りつづけているのが一番だ。「あんな住宅街のどまん中で看板作ってたら、すぐにバレるんじゃないですか？」

「あの工場、見てくれはひどいが、まっとうな印刷業務もやってるんだ。スーパーのチラシとか、新興宗教の冊子とかな。だが、四方を住宅に囲まれているから、あまり遅くまで機械を回していられないんだ」

「騒音ですか？」

「ああ。住民との取り決めで、七時には機械を止めることになっちまった。あんな零細工場がそんなことじゃ、やっていけないだろ」

「それで、ステ看作りですか？」

「そう。昼間、チラシを刷りながら、夜は奥の部屋でせっせと看板作ってるってあんばいだ。灯台下暗し。警察もまったく気づいてねえ。今じゃ、看板作りの売り上げの方が安定しているくらいだ。印刷屋じゃなくて看板屋《サインペインター》だな」

窓からのぞく尾崎の顔と、卒業が決まった後も必死に働く倉田の顔が、重なり合った。ステ看貼りに手をだすまでには、それなりの事情があったということか。

——それにしても……。

白戸は運転席をちらりと見やった。

——この日比という男は、いったい何を考えてこんなことをやっているのだろう。

「何ちらちら見てやがるんだ？」

前を向いたまま、日比が言った。「余計なこと考えてるヒマはないぞ。夜明けまでにあと百本。何としてもやってもらうからな」

時計は午前三時。百本を一時間で取りつけたとしても、ぎりぎりだ。四時半を過ぎれば、街は活動を開始する。

車は新青梅街道に戻り、再び松が丘方面に向かっていた。

「今度は、どの辺なんですか？」

「哲学堂公園の裏手を走る道だ。区画整理で新しくできたばかりでな。電柱や標識も新品だぜ」

できたばかりの小綺麗な道路に、ステ看を取りつける。地元の人にとっては、迷惑この上ない行為だ。大した罪にならないからといって、許されるべきことではない。白戸は憤りを感じた。

しかし、だからといってステ看の取りつけを拒否する勇気は毛頭ない。

「よし、あの十字路の先だ」

日比が信号を指さしながら言った。「何度も言うようだが、時間がない。着いたらすぐに始めるぞ」

ウインカーを出し、十字路を右折。横断歩道の先で、日比は車を停めた。

公園の柵とアパートに囲まれた、二車線の道路。だが、そこには信じられない光景が広がっていた。

すべての電柱、街路樹、道路標識に、ステ看板が取りつけられていたのだ。

「やられたっ」

日比が両手をハンドルに叩きつけた。怒りのためか、顔が真っ赤に染まっている。

取りつけられているステ看は、江古田にある風俗店のものだ。水着姿の白人女性が描かれており、青い目をこちらに向けている。

「日比さん、これはどういう……？」

「江古田は峰岸の縄張りだ。あの野郎、なめた真似しやがる」

日比は歯を剝きだし、フロントガラスを突き破らんばかりの勢いだ。白戸も不安になってきた。

「日比さん、ちょっと落ち着いてくださいよ」

「これが落ち着いていられるか。おい、あそこのステ看、みんな回収してこい」

「へ？」

「あそこにずらーっと並んでいる看板だよ。全部はずして持ってこい」

「そんな無茶な」

「無茶でもなんでもいい。ちくしょう、今に見ていやがれ」

日比は興奮状態にあり、白戸ごときが何を言っても無駄のようだ。

下手に口答えして、怪我でもさせられてはたまらない。白戸はとりあえず、車を降りた。

運転席で日比がしきりに顎をしゃくっている。さっさと看板をはずせ、という意味なのだろう。

このまま逃げてしまおうか。そんな考えが一瞬頭を過ぎった。だが、もし失敗したら……。

危険な考えはさっさと脇に置き、白戸は一本目の看板をはずしにかかった。

この看板はいったい誰が取りつけたのだろう。ときどき名前が出てくる峰岸という男の仕業なのだろうか。白戸は考えを巡らせた。

そもそも、ステ看を取りつける場所というのは、いかにして決まるものなのだろう。日比はさきほど「縄張り」という言葉を使ったが、この世界にもそうしたルールが存在するのだろうか。

ステ看をはずす作業は、一時間足らずで終わった。誰がやったのかは知らないが、取りつけ方がひどくぞんざいだ。電柱に巻きつける針金は一周しか巻いておらず、先端の処理もいい加減だった。中には斜めに傾いているものもあった。

白戸ははずしたステ看を歩道に積み上げながら、ふと十字路の方を見た。虫の知らせというのは、こういうことをいうのだろう。公園を囲む柵の陰から、自転車に乗った制服警官二人が、ちょうど姿を見せたところであった。

白戸は運転席にいる日比に目を移した。むろん、日比も警官の姿には気づいていた。サイドブレーキを落とし、発進の態勢をとっている。

「日比さん……」

白戸は無意識のうちに手を上げていた。だが、日比のトラックはするすると白戸の前を通過していく。

「ちょっと、日比さん」

警官たちも、白戸たちに気づいたようだ。こちらを指さしながら、ものすごい勢いでペダルをこぎ始めた。

白戸は駆けだした。少し先を行くトラックのテールランプを見ながら、必死で足を動かす。日ごろの運動不足からか、太ももに鋭い痛みを感じた。だがそんなことに構っているヒマはない。

「ちょっと、待ってくださいよ、日比……」

そのとき、トラックの助手席側の窓が開いた。そこから、日比の怒鳴り声がもれ聞こえてくる。

「俺の名前を呼ぶな。ポリ公に聞かれるだろう」

「そ、そんな……」

「車を停めて、おまえを拾うのは時間的に無理だ」

警官たちは、白戸の十メートル後ろにまで迫っている。歩道と道路を隔てる柵を乗り越え、助手席に乗りこむころには、トラックごと押さえられてしまうだろう。でも、だからといって……。

「見殺しにするつもりですか」

「次の路地を左に曲がれ。一方通行の狭い道だ。そこなら、ヤツらも思うようには飛ばせない」

それだけ言うと、トラックはぐんとスピードを上げた。

「こら、待て」

白戸の叫びと警官の声が見事なハーモニーとなり、住宅地に響きわたった。

白戸は左足に力をこめ、泳ぐような恰好で路地に飛びこんだ。角に立っていた一方通行の標識。そのポールに右肩をいやというほどぶつける。じんと右半身が痺れ、目がチカチカした。

「うわっ」

後方から警官の叫び声が聞こえてきた。白戸が突然曲がったため、自転車を停められなかったらしい。耳をつんざくようなブレーキ音、そして、がしゃんと何かがぶつかり合う金属音がつづいた。

——転んだな。

これで少し時間が稼げる。白戸はまた走りだした。右肩に鈍痛が残っているため、思うようなフォームが作れない。しかし、ここで捕まるわけにはいかない。

古びたアパートが並ぶ道を、白戸は懸命に駆けた。

まったく、とんでもないことになった。やっぱり、中野駅は鬼門だった。倉田に同情なんかしないで、家で寝ていればよかったんだ。

「きみ、止まりなさい」

はっと我に返った。警官だ。体勢を立て直し、白戸を追ってきている。後ろをふり向きたかったが、そんなことをしていては時間のロスになる。声から判断して、まだかなり距離はあるようだ。白戸は両の拳を握り締め、さらにスピードを上げた。

しかし、自転車相手にいつまでもつだろう。もういい加減、息も上がってきている。捕まるのは時間の問題だ。どうせ捕まるのなら、あまり抵抗しない方がいい。情状酌量。そんなこともあるかもしれないし。

スピードを緩めよう。そう考えたとき、はるか前方に赤いテールランプが見えた。軽トラックだ。幌を上げ、荷台をこちらに向けて停車している。

――日比だ。

考えるより先に、足が動いた。スピードを緩めかけていたため、警官との距離はかなり縮まってしまっただろう。でも、何とか間に合うはずだ。

五十メートルほどの距離に見えたのだが、トラックはなかなか近づいてこない。自分が何をしているのか、意識が朦朧《もうろう》となってきた。心臓の鼓動だけが、やけに大きく聞こえる。

ふと、肩口に白いものが見えた。首をそちらに振ると、白戸は思わず叫び声をあげていた。警官の手だ。手が白戸の肩を摑もうとしている。警官との差は予想以上に詰まっていた。ペダルを踏む金属音が、耳の後ろで聞こえている。

「くそぉ」

それでも白戸は走りつづけた。トラックは目の前だ。ジャンプのタイミングさえ誤らなければ、荷台に飛びこめるはずだ。

トラックのハザードランプがチカチカと点滅した。日比が合図を送っているのだ。白戸は両手をぐっと前に突きだし、荷台の縁を摑んだ。と同時に、車輪を軋《きし》ませながら、トラックが走りだす。加速も手伝い、白戸は勢いよく荷台に転がりこんだ。積んであるステ看の木枠に後頭部をぶつけたが、痛みはまったく感じなかった。

ぼやけていく視界には、血相変えてペダルをこぐ警官の姿があった。それも次第に離れていき、見えるものは灰色のアスファルトだけになった。

4

「あいつらは、服部《はっとり》と長嶋《ながしま》っていう交番のおまわりだ。西松が丘交番にいるんだがな、こいつらがけっこうしつこくて」

日比は顔をしかめた。交番のおまわりが気に入らないのか、口に含んだ缶コーヒーが甘すぎたのか、白戸には判断できなかった。

軽トラックは、環七通り手前の路地に停まっていた。荷台にいる白戸を車内に戻すため、パーキングメーター内に駐車したのだ。もちろん、メーターに金は入れていない。

日比の行動は素早かった。抜け殻のようになった白戸を荷台から引きずりだし、半ば押しこむようにして助手席に座らせた。そして、目の前の自販機で温かい缶コーヒーを買ってくれたのだ。

「いやあ、それにしてもよく走ったな」

歩道に立ったまま、日比が言った。警官たちをだし抜いたせいか、機嫌がよくなっている。

「見直したぜ。最初見たときは何て頼りなさそうなヤツかと思ったが」

白戸は日比をにらむ。

「あの状況じゃ、走らないわけにはいかないでしょう。逮捕なんかされたくないですから」

日比はそれには答えず、きょろきょろと左右をうかがっている。警官の姿を警戒しているのだろう。

「日比さん、早く移動した方がよくないですか」

白戸は不安でたまらない。トラックを停めている場所は、松が丘の十字路から一キロと離れていない。道端に堂々と車を停め、コーヒーを飲んでいる場合ではないと思うのだが。

「あの、日比さん?」

「少し黙ってろ。おまえは少し心配性なんだ。物事は大胆にいかないとな」

「日比さんのは、大胆というより無謀です」

白戸は席に座り直し、腕時計に目をやった。午前五時。この場所にきてから、既に一時間はたっている。いったい日比は何を考えているのだろう。そして何より、自分はいつ解放してもらえるのだろう。

「帰りたいか?」

日比が言った。思いが顔に出ていたらしい。白戸は黙ってうなずいた。

「実は、一つ頼みがある」

ドスをきかせた声で、日比は言った。「今日一日、俺につきあってくれないか」

「え?」

「どうしても片づけなきゃならん仕事がある。そいつを手伝ってもらいたい。むろん、金は払う」

「そ、そんな……」

とんでもないことだ。これ以上、こんな男とかかわっていたら自分の身が危うい。

「時給一万だそう。今日一日で二十四万。悪い話じゃないだろう」

金額の問題ではない。そう言おうとしたが、日比はさっさと運転席に戻ってきた。答えを聞く気など、初めからないようだ。

「日比さん、ちょっと待ってくださいよ」

白戸の言葉は無視された。日比はエンジンをかけ、環七を行く車の列に割りこんだ。早朝にもかかわらず、通りはけっこうこみあっている。そんな中を、日比は車を強引に進めていく。あちこちでクラクションが鳴らされるが、一向に気にする様子もない。

「日比さん、ちょっと……」

衝突寸前の運転に、白戸は気が気ではない。シートベルトを締め直し、身を縮こまらせた。

車は新青梅街道に戻り、再び松が丘を目指し始めた。哲学堂公園前のT字路を越え、つづく信号を左折する。

白戸は両側の番地を確認する。右が新宿区西落合、左が中野区江原町となっている。どうやら地区の境目を、直進しているようだ。

二分ほどで目白通りとぶつかった。そこを再び左折。取締り直後なのか、路上駐車している車はほとんどない。スムーズに流れる車の列に、日比はトラックを割りこませた。

「日比さん、今度はどこへ行くつもりなんです？」

日比から逃げることはとうにあきらめていた。腕力ではとてもかないそうにない。だがせめて、日比の目的くらいは知っておきたい。こちらにも心の準備というものが必要なのだ。

「あの……日比さん？」

「左手にでかいレンタルビデオ屋があるだろう。あの角を左折したら車を停める。ドライバー交代だ」

「へ？」

「おまえ、免許くらい持ってるだろ？」

「はあ」

「なら、運転しろ」

日比はそう言うと、ハンドルを左に回した。左折したすぐのところにある煙草屋。そのまん前で車を停止させた。サイドブレーキを引くと、日比は外へ出る。軍手をはめながら、助手席側に回ってきた。

「要領は判っているな。エンジンは切るな。前後の見張りもおまえの仕事だ。おまわりの姿が見えたら、クラクションを一発鳴らせ」

「日比さん、まさか、これからステ看貼りを?」

「そのまさかさ」

「でも、今は昼間ですよ」

「俺も昼間にやるのは初めてだ」

「そんな……」

白戸はちらりとバックミラーに目をやった。目白通りをはさんだ向こう側。そこには交番があるのだ。

「こんなところでステ看貼るなんて、自殺行為です」

「交番のおまわりなら大丈夫だ。こっちのことなんか気にしてないさ。それに、飛びだしてきたらすぐに判る」

そう言いおくと、日比は荷台の幌をめくり上げた。仕方なく、白戸も運転席へと移動する。トラックはかなり古い型のマニュアル車だ。ニュートラルに入れてあるギアを軽く触ってみる。

「まいったなぁ……」

白戸は免許を取って以来、ほとんど運転したことがない。オートマの四輪を借り、友達の引っ越しを手伝ったことくらいだ。マニュアル車を運転するのは卒業検定試験以来である。

白戸はハンドルに両手を乗せ、サイドミラーで日比の動きを確認した。日比は煙草屋で店番をしている婆さんの前で、堂々と看板を取りつけている。

その手際のあざやかなこと。駐車禁止の標識に針金を巻きつけ、目にも留まらぬ速さで先端の処理をしていく。何も知らない人が見たら、頭のおかしな男が標識に抱きついているようにしか見えないだろう。

瞬く間に二本のステ看をつけ終わり、日比が合図を送ってきた。白戸はクラッチに左足を乗せ、そろりそろりと車を前進させる。免許の卒業試験以来の半クラッチだ。

日比はトラックが停まりきらないうちに、ステ看二本を取りだし、今度は電柱に向かっていった。

道は見通しのよい一直線道路。起伏はあるものの、数百メートルは直線がつづいている。

道幅は歩道のない二車線。しかし、左右に歩行者用のスペースを確保するため、白い柵が設けられている。そのため、車が一台でも駐車されていると、たちまち一車線の道になってしまう。

——こんな場所でステ看貼るなんて、日比も何を考えてるんだ？

だが、白戸の頭にまったく別の疑問が浮かんだ。

——いま取りつけているのは、どこのステ看なんだ？

トラックに積んであるのは『落合ローン』という金融業者のステ看だけのはずだ。しかしあれは本来、哲学堂公園裏の道路に取りつけるべきものである。

ガンと窓ガラスを叩かれ、白戸は我に返った。日比の顔が目の前にある。

「バカ野郎、ボケボケしてんじゃねえ。車を進めろ」

白戸は慌ててギアを入れた。ガクンと車が縦に揺れ、エンジンが止まった。エンストだ。

日比は苦々しげに口許を歪めると、そのまま荷台の方へと走っていった。幌の陰からステ看を取りだす日比。白戸はサイドミラーをのぞきこみ、その様子を観察していた。日比が持っているのは、薄いピンク地に赤文字の入ったステ看。間違いない。やはり、尾崎印刷から受け取った『落合ローン』のステ看だ。

——こんな所に、勝手に取りつけてしまって、いいのだろうか……?

そもそもステ看には、事前に取りつけ位置などが決められているのだろうか。

日比はあいかわらず超人的なスピードでステ看を取りつけていく。街灯、電柱、果ては公園の柵にまで、金融業者の看板を取りつけてしまった。

狭い道とはいえ、車の通りはかなり多い。片道をふさいでいるトラックに、不審げな視線を送るドライバーもいる。さらに、公園ではたくさんの親子連れが遊んでいた。母親たちは、軍手をはめた強面の男を、気味悪そうに見守っている。

この調子では、いつ警察を呼ばれても仕方がない。白戸は物思いを断ち切り、周囲の警戒に集中した。

前後に警官の姿はない。前方に、紺色のライトバンが停まっているだけだ。

――紺色のライトバン？

いつからそこにいるのだろう。ついさっきまで気がつかなかった。距離にして五十メートルほどあるだろうか。運転席と助手席に一人ずつ。人相までは確認できない。これといって怪しい点はないのだが、なぜか気にかかる。

一応、日比に知らせておいた方がいいだろう。そう思いふとふり向くと、後ろから紺色のライトバンが左折してくるのが見えた。前の車とまったく同じ色、同じ型だ。合わせるかのように、前方のライトバンがエンジンをかけた。助手席の男がこちらを指さして何か叫んでいる。これは、どう考えても、ただ事ではない。

「日比さん」

あれこれ考える前に、白戸はそう叫んでいた。

日比の反応はさすがに素早かった。幌を下げ、助手席に乗りこむなり、「だせ」と低い声で言った。

「え？　だせって……」

「前後の車はグルだ。ぐずぐずしていると道をふさがれるぞ。急げ！」

日比に怒鳴られ、白戸はアクセルを一気に踏みこんだ。わずかに遅れたギアチェンジのために、エンジンが不機嫌な唸りを上げる。

車の男たちは不意をつかれ、一瞬行動が遅れた。後ろの車への合図のつもりか、ハイビームにしたヘッドライトが点り、前輪が右側を向く。日比の言う通り、道をふさぐつもりらしい。このままでは、ライトバンの横腹に突っこんでしまう。白戸はブレーキに足を乗せた。

「スピードを緩めるな。突っ走れ！」

日比は助手席から足を伸ばし、アクセルペダルを踏みつけた。

グンとスピードが上がり、ライトバンの前部が眼前に迫る。

その脇をトラックがすり抜けたとき、白戸は目をつぶっていた。

「馬鹿野郎、前を見ろ」

額を拳で突かれた。日比が半身を乗りだし、ハンドルを掴んでいる。見れば、横道から出てきた自家用車を数センチの差でよけたところであった。

「す、すいません」

目に汗が入りちくちくと痛む。ぼんやりと霞む視界の向こうには、信号機があった。黄から赤色に変わろうとしている。

「行け！」

今度は日比の声を待つまでもなかった。アクセルを踏み、ギアを四速に入れる。交差点に進入してくる路線バス。その前をクラクションとともに突っ切る。口を半開きにしたまま、硬直している運転手の姿が、残像として瞼にきざまれた。

「油断するな。ヤツら、追ってきてるぞ」

バックミラーには、バスの姿が大写しになっている。どっちにしても、しばらくの間はバスがブロックしていてくれる。

「日比さん、これからどうします？　このまま行くと、また新青梅街道ですよ」

「さて、どうするかな……」

「はあ？」

「とりあえず、左折しておくか」

この男には、今の状況が判っているのだろうか。荷台にはつけ残しのステ看。背後には何者とも知れぬ輩《やから》が追ってきている。

白戸はできる限りのスピードで道を突っ走り、信号を左折した。右手に哲学堂公園のこんもりとした森が見えてくる。日比は両手を頭の後ろで組み、大きな欠伸《あくび》を一つした。

「信号直進、次を右折」

何を言う気も失せ、白戸は言う通りに車を走らせたが……。

「日比さんこの道、今朝、警官に追いかけられた場所じゃないですか」

哲学堂公園裏手の新しい道だ。間違いない。「こんなところ、のんびり走ってて大丈夫なんですか？　またあの警官に見つかったら……」

その警官、服部と長嶋が目前の歩道に立っていた。だが、白戸たちに気づいた様子はない。彼らは数人の老人たちと共に、ステ看はずしに熱中していたのだ。

白戸の横で日比がげらげらと声をだして笑った。

「ご苦労なこったぜ。夜勤明けに、ステ看はずしか」

「ステ看はずすのも、警察官の仕事なんですか？」

「そういうわけじゃない。だが、住民たちから訴えがあれば、手伝わないわけにはいかないだろう」

「それじゃあ、あの二人は……」

「無理矢理やらされてんだよ。この地区の代表は、警察OBでな。そいつにせっつかれてしぶしぶやってんのさ」

「警察官も大変なんですね……」

後ろから、パッシングを浴びた。いつの間に近づいてきたのか、さきほどのライトバンが二台、ぴったりとついている。

「日比さん、ど、どうしましょう……」

だが日比はあいかわらず余裕の構えである。

「よし、次の交差点でUターンしろ」

「ええ?」

「Uターンだよ。聞こえたろ」

「でも、ここ転回禁止ですよ」

「今さら、そんな小さいこと気にするな」

こちら側の信号が黄色になったのを機に、白戸は思いきりハンドルを回した。タイヤから白い煙が立ち上り、トラックは一八〇度向きを変えた。

追手のライトバンは、他の車にはさまれ、何もできずにいる。日比は、相手の運転手に向かってひらひらと手をふった。

「この間にずらかるぞ」

「でもこのまま行くと、ステ看をはずしてる現場を通ることになりますよ」

「構わん。向こうが気づいたら、手でもふってやれ」

白戸はバックミラーを注視しつつ、祈るような気持ちで車を進めた。

警官たちは、すべてのステ看をはずし終えたところであった。皆、山積みとなったステ看を前に笑みを浮かべている。通りは、元の整然とした姿を取り戻したのだ。

そんな彼らの前を、猛スピードで突っ切る軽トラック。警官の一人が顔を上げこちらを見た。警官の目と白戸の目がぴたりと合う。警官の脳裏に追跡劇の記憶がよみがえったのは、明白であった。彼は相棒の肩をつつくと、こちらを指さしている。

「ちょっと日比さん、気づかれたようです」

「構うな。相手は自転車だぞ。追いつけないよ」

日比はそれだけ言うと、また大きな欠伸をした。「とりあえず走れ。新宿の方へ逃げて煙に巻いちまおう」

「新宿っていっても、どうやって行けばいいんです？」

「新青梅街道を右だ。まっすぐ行けば、いつか新宿に出る」

「ホントですか？」

「新宿区に入ったら、適当なファミレスに入れろ。そこで夜まで時間を潰す」

日比は意味ありげな笑みを浮かべると、また目を閉じてしまった。

——まだ何か企んでいる……。

白戸の気分はあいかわらず冴えなかった。果たして五体満足で帰ることができるのだろうか。

5

新宿区に入って五分、新目白通りを越えたあたりで、ようやく駐車スペースのあるファミリーレストランを見つけた。

表から目立たぬよう、地下駐車場へ車を入れる。マニュアル通りに動く店員に案内され、席につく。日比はコーヒーを頼んだ。白戸は日比の顔色をうかがいながらも、モーニングセットを注文する。とにかく昨夜から何も食べていないのだ。

死にもの狂いで走ったせいか、猛烈に腹が減っていた。

日比は運ばれてきたコーヒーをすすりながら、ぼんやりと窓の外を見ている。警戒している様子ではない。

「あの、日比さん？」

黙っているのも気詰まりな気がして、白戸は言った。「追ってきたヤツら、いったい何者なんです？」

日比の眉がぴくりと動いた。

「気になるか？」

「当たり前ですよ。あんなひどい目に遭って」

「おまえの運転センスはなかなかだった。度胸もあるしな」

日比は腰を引いて座り直し、白戸に向き直った。「追ってきたのは、峰岸のところの従業員だ」

「峰岸？　従業員？」

「俺と同じ何でも屋さ。数人の社員を抱えて、峰岸組とか名乗ってやがる。なかなかのやり手だな」

「そんな人が、どうして日比さんをつけ狙うんですか？」

「俺の縄張りが欲しいのさ。ステ看貼りのな」

「何ですって？」

ステ看貼りにも、縄張りがあったのか……。

「当たり前だ。俺は新井、上高田、松が丘、それに野方を押さえている。それに対して、ヤツらの縄張りは中村や江古田の方だ。何とかテリトリーを広げて、中野あたりにまで行きつきたいのさ」

「でも、たかがステ看に……」

「たかがステ看、されどステ看だ。俺たち何でも屋はその名の通り何でもやる。引っ越しの手伝いから探偵まがいのことまでな。どの仕事もそこそこの実入りがあるが、ステ看貼りには及ばない」

「ステ看ってそんなに儲かるんですか……」

「人の使い方にもよるけどな。最低限の人数で、いくつの現場をこなせるかが勝負だ。当然、テリトリーは広い方がいい」

「峰岸組はそれを狙って？」

「ああ。先々月あたりから、俺の縄張りにケンカを仕掛けてきた。勝手に隣町のステ看を取りつけていきやがるんだ」

通りにずらりと並んだ風俗店のステ看。日比たちが何もしていないのに、既に看板は立っていた……。

「すると、あの看板を取りつけたのは……」

「峰岸のヤツらさ。俺の仕事の邪魔をして、得意先を潰す気だ」

「さっきの道にステ看をつけたのは、どういうことですか？」

「あの道路は、峰岸の縄張りなのさ。目には目をって言うだろう」

報復か。まるで子供のケンカだな……。

「だが、敵もさるものだ。やってくると踏んで張ってやがった」

それが、あのライトバンの正体か。もしあのとき、峰岸の配下に捕まっていたら、今ごろはどうなっていたのだろう。日比の仲間ということで、とんでもない目に遭わされていたかもしれない。

ステ看貼りの縄張り争いか。大変なことに巻きこまれた。白戸は思わずため息をついた。

日比はそれをめざとく見つけ、

「景気の悪い顔をしてるんじゃねえ。安心しろ、今夜中に片をつけてやるから」

「片をつけるって……まさか、殴りこみをかけようっていうんじゃあ？」

「まあ、そんなところだ」

日比はにやりと笑う。「心配するな。おまえには迷惑かけん」

「もうかけてますよ」

白戸の言葉を無視し、日比は白々しく表に目を転じた。日比を怒らせるわけにもいかず、
白戸はただ肩を落とすしかない。

「お待たせしました」

ようやくモーニングセットが運ばれてきた。店員は満面の笑みを顔に貼りつかせたまま、
皿を並べていく。これもマニュアルで叩きこまれた成果なのだろうか。

ステ看の取りつけ方もマニュアル化してしまえばいい。看板の向き、針金の巻き方……。

フォークを持つ白戸の手が止まった。

——針金の巻き方……。

「どうした？　食わないのか？」

日比が怪訝な顔つきできいた。

「日比さん、ステ看をつけるときは、必ず針金で二回巻けって言いましたよね」

「ああ。そうしないと、ちょっとした風で飛ばされちまう」

「峰岸組は、どういう取りつけ方をしてました？」

「何でそんなことをきく？」

峰岸の名が出ると、日比の顔つきが変わる。よほど憎らしく思っているのだろう。

「いえ、ちょっと気になることがあって」

「いまいましいヤツらだが、仕事だけはきっちりやる。ステ看の取りつけ一つとってもな」

だが、日比をだし抜いて取りつけられた看板は、針金が一重巻きであった。だからこそ、短時間でかなりの本数をはずすことができたのだ。

「日比さん、ステ看をつける場所というのは、前もって決められているんですか？」

「依頼主によるな。地区を指定するだけのものもあれば、きっちりと通りの場所までこと細かに指示してくるヤツもいる」

「『落合ローン』はどうだったんです？」

「あそこは毎回アバウトな指定しかしてこない。だから、腹いせに江原町界隈につけてやったのさ。まあ落合とは、ほとんど隣みたいなもんだからな。向こうも判ってくれるとは思うが……、おまえ、何でそんなことをきく？」

白戸は日比の問いを無視して質問をつづけた。

「哲学堂裏の通りにステ看を取りつけようと決めたのは、いつごろです？」

「候補はいくつかあったんだ。沼袋の公団住宅前にしようかとも思ったんだが、あそこは二週間前に取りつけている。だから、哲学堂に決めたんだ。決めたのは、中野でおまえを待っていたときだが」

「そのことを誰かに話しましたか？」

「話すわけないだろう。それからはおまえとずっと一緒にいたじゃねえか」

「とすると、峰岸たちはどうしてその場所を知ることができたのでしょう？」

「あん？」

「どうやって先回りできたんでしょう？　ステ看を先回りして取りつけるには、あらかじめ日比さんの予定を知っていないとできないですよね」

日比の眉が上下に動いた。白戸を見つめる目がいつの間にか真剣なものへと変わっている。

「つづけろ」

「いくつか疑問があるんです。まずあそこに取りつけてあったステ看には、針金が一重しか巻いてありませんでした」

「そいつは変だ。峰岸はそんなことをするヤツらじゃねえ」

「もう一点は、今も言ったように、峰岸組がどうやって日比さんの先回りができたかです。それともう一つ」

「まだあるのか？」

「峰岸たちは日比さんの縄張りを狙っているって言いましたけど、それならどうしてこんな面倒臭いことをするんでしょう？」

「面倒臭いだと？」

「ステ看の先回りですよ。日比さんにプレッシャーをかけるのが目的としても、ひどく無駄な気がしませんか？」

日比は白戸の言葉をいち早く理解したようだった。

「おまえの言う通りだ。俺の商売を潰したいのなら、もっと簡単な方法があるな。依頼主のところへ押しかけるとか、印刷所を潰すとか」

「わざわざステ看を作り、それをテリトリー外に取りつけるなんて、峰岸側にとってもマイナスにしかならないと思うんですが」

「つまり、何が言いたい？」

「日比さんの邪魔をしているのは、本当に峰岸なんでしょうか？」

それを聞いた日比は、フムとつぶやいて腕を組んだ。

「おまえ、見かけによらず頭が回るんだな。またまた見直したぜ」

「ただの思いつきです。根拠はありません」

こうした考え方は、あのスリを追いかけた体験で身につけたものだ。誉められても自慢できることではない。

「でもなあ、白戸。峰岸以外の誰かが俺の縄張りで悪さをしているとして、いったいそいつは誰なんだ？」

「そんなことまで判りませんよ」

そう答えながら、白戸は思った。ステ看貼りの妨害をしているのが、峰岸ではないという可能性。そのことを日比は既に疑っていたのではないか。日比はこう見えて頭が切れる。今、白戸が言ったようなことに、思いいたらないはずがない。

「だがな、あれは峰岸以外には考えられないぜ」

「どうしてです？」

「峰岸以外のヤツが犯人だとして、どうやってステ看を作るんだ？」

「え……？」

「ステ看貼りは、違法だ。印刷所も堂々と作るわけにはいかない。基本的には警察の目を盗んで作っているんだ。尾崎のところみたいにな。当然、それなりにきちんとしたルートが確立されている。どこの誰とも判らんヤツにステ看を卸すところがあるだろうか」

「まったく別の場所で作っているのかもしれませんよ。峰岸と同じように、どこか他の場所で何でも屋をやっているような……」

「ステ看は、広告を印刷したシートと木枠でできている。シートの印刷だけなら、おまえが言ったようによそで適当に作れるだろう。だが、木枠は別だ」

「あの木枠を作るの、そんなに大変なんですか？」

「材料を集めるところから始めるんだ。個人の力じゃ無理だ。おまえが考えるほど、材木は簡単に手に入らない」

「それは、そうかもしれませんが……」

「日本で作ってたんじゃ、採算が取れないのさ。木枠はすべて外国から輸入している」

「そんな大袈裟な」

「なにが大袈裟だ。木枠の輸入は立派なビジネスなんだ。暴力団が資金稼ぎのためにやっていたりする」

急に話がきな臭いものになってきた。日比はコーヒーをすすりながらつづける。

「この業界もけっこう狭い。わけの判らん新参者が木枠を買おうとすれば、俺の耳にも入ってくるはずだ」

「木枠を自分で作ったとしたらどうです？　材木を買ってきて……」

「そうなると、おまえの言っていた第二の疑問に逆戻りさ。どうしてそこまで面倒臭いことをする？　まともに材木を買い入れたら、けっこうな金額になるぞ。それだけの手間賃かけるくらいなら、さっさと俺をぶちのめすなり、尾崎の印刷屋を叩き潰すなりすればいい」

ささいな疑問からスタートした推理は、ぐるりと回ってスタートラインに戻ってしまった。

やはり、ステ看を勝手に取りつけたのは、峰岸なのだろうか。

――待てよ……。

閃きは突然にやってくる。

「日比さん、欧りこみをする前に、峰岸と話し合う気はありませんか？」

6

鷺宮と白鷺は、西武新宿線の線路によって区分けされている。中杉通りと呼ばれる道を、白戸は小走りに進んでいった。白鷺交番の前を通過し、右に折れる。住宅街の中に隠れるようにして、『峰岸運送』の事務所はあった。

傾きかけた木造の二階屋。一階部分を無理矢理事務所に改造したのだろう。磨りガラスの入った窓が、何とも怪しげな雰囲気をだしている。

白戸は大きく深呼吸をして、引き戸に手をかけた。いよいよ峰岸とのご対面だ。

扉はたてつけが悪く、ガタガタと大きな音をたてた。事務所の中には薄汚れたカウンターが一つあるだけ。人は誰もいない。

「あの……すいません」

白戸は声をかけた。こうしている間にも、両足はがくがくと震えている。怖いわけではない。深夜、警官相手に全力疾走したため、筋肉が痙攣を起こしかけているのだ。

「誰かいませんか?」

再度声を張り上げると、ようやく奥で人の気配がした。

「いらっしゃーい」

目をこすりながら現われたのは、七十歳前後と思われる老人である。頭はつるりと禿げ上がり、大きな黒縁のメガネをかけている。今まで寝ていたらしく、口許によだれの跡が残っていた。

「あの、すいません、こちらに峰岸さんという方は……」

「峰岸？　峰岸はワシだが」

白戸は拍子抜けしてしまった。日比と対等に渡り合うほどの何でも屋だ。日比以上にごつい男を想像していたのだが……。

「あなたが、峰岸さん？」

「そうだ。峰岸だ、悪いのか？」

「いえ、そんなことは」

「それで？　仕事の依頼かな？」

「依頼……というか、何というか」

「あん？」

「実は、あなたに会っていただきたい人がいるんです」

「ワシに会わせたい？　はて、誰だろう？」

「日比登という……」

白戸は最後まで話すことができなかった。奥から背の高い男が二人、走り出てきたのだ。二人は素早くカウンターを回りこむと、白戸の両肩をがっちりと押さえつける。

「痛い……。な、何するんです」

「新しい日比の相棒というのは、おまえやろ。昼間はうちのライトバンを見事にまいてくれたそうやないか」

峰岸はいつの間にか関西弁になっている。「報告はちゃんと入ってるんや。しかし、こんなに早《はよ》うおまえさんの顔が拝めるとは思わなんだ」

「あの、峰岸さん……？」

万力のような力で押さえつけられ、白戸は身動き一つできない。一方の峰岸は、どよんとした目つきでそんな白戸を眺めている。

「さて、おまえさん、どうしてくれようかな」

「あの、ちょっと話をさせてもらえませんか。そのぅ、ステ看のことで……」

「何ぃ？」

右側に立つ男が声をあげた。「なめた口ききやがって。腕、へし折ってやろうか？」

「まあまあ」

峰岸が制する。「この事務所に一人で乗りこんできた度胸は大したもんや。五分でよければ聞いてやる」

峰岸はカウンターに頬杖をつき、ニヤリと笑う。と同時に、両側の男が白戸の腕を離した。

白戸はまだ痺れの残る腕をさすりながら、ゆっくりと話し始めた。

7

午前四時、中野通り周辺は静寂に包まれていた。車の往来もほとんど途絶え、宵っぱりの住人たちもさすがに寝静まったとみえる。

中野通りは中野駅へとつづく二車線の道路で、左右には桜の木が植わっている。春ともなると桜のトンネルができあがり、近隣の公園では桜祭りが催される。

白戸はブロック塀の陰から、そっと通りをうかがった。はるか向こうにコンビニの明かりが見える。

「こねえな……」

白戸の後ろで、日比がぽつりとつぶやいた。「やるなら、この通りだと思ったんだが……」

「そんな頼りないことを言わないでくださいよ。さっきはここで間違いないって言ったじゃないですか」

「最後に仕掛けるとしたら、この大通りだと踏んだんだ。松が丘や沼袋の小道でやってても仕方ないだろう」

「夜明けまであと一時間半ほどです。もう時間が……」

「心配するなって。場所の選定に間違いはないよ。あそこにコンビニがあるだろう。あいつができてから、深夜の人通りが多くなった。この場所から百メートルほど先の十字路まで。

ステ看貼れるとすれば、ここしかない」

「でも、人っ子一人通りませんよ」

「ふむ、そうだな……」

「そうだなじゃないですよ。この張りこみが失敗したら、日比さんも僕も無事じゃ済まないんですから」

「ふん、峰岸のヤツらなんぞ簡単に片づけてやるさ」

「またそんなこと……」

「しっ」

日比の大きな手が、白戸の口をふさいだ。通りをはさんだ向かいの路地から、ライトを消した車がすべり出てきたのだ。目を凝らしてみれば、どうやら白色のワゴン車のようだ。

「おいでなすったぞ」

暗闇の中、車から影が二つ降り立った。ワゴン車後方の横開きのドアを開ける音。白戸と日比は歩道のまん中へ忍び出た。道幅が広いため、まず気づかれることはないと思うが……。

二つの影は桜並木の一本に近づいていく。両脇に抱えているのは、間違いなくステ看だ。

——日比の勘が当たった。

白戸はほっと胸をなで下ろしていた。ここでヤツらが現われなければ、日比と峰岸はいよいよ全面戦争だ。

二人は三分ほどかけて看板を取りつけると、また車に乗りこんだ。何とも手際が悪い。

「白戸、カメラは持ってきたな」

「はい。ここにあります」

白戸はジーパンの尻ポケットから、コンビニで買った使い捨てカメラを取りだした。むろん、フラッシュつきだ。

「おまえ、そんなチャチなもんで大丈夫なのか?」

「最近のは性能もいいらしいし、大丈夫だと思いますよ」

「頼りねえな」

車が停まり、影は二本目の木に取りかかり始めた。日比が白戸の背をぽんと叩く。

「よし、行け」

白戸は腰をかがめ道を渡る。ここで物音でも立ててしまえば、今までの苦労が水の泡だ。道路中央にある緑地帯を乗り越え、いよいよワゴン車に近づいていく。作業に夢中になっている二人は、周囲の警戒を完全に忘れている。

かなり近づいたため、夜目にも二人の様子が判るようになった。黒いジャンパーに白いラインの入ったトレパン。ひと昔前の体育教師のようないでたちだ。

看板を桜の木に固定し、針金で巻き始めたとき、白戸はシャッターを切った。

強烈なフラッシュの瞬き。その白い光の中に浮かび上がったのは、白戸を追跡した警察官、服部と長嶋の顔だった。

「げっ、何だ？」

二人は腰を抜かさんばかりに驚いたようだ。手にしているものを放りだし、車に乗りこもうとする。白戸は目をつぶったまま、何度もシャッターを切った。

「よし、もういいだろう」

そう言いおいて、白戸の脇を日比が駆け抜けていった。二人を取り押さえるつもりらしい。

「日比さん、気をつけて。相手は……」

プロだ。そう言おうとしたが、遅かった。日比の体当たりを軽くかわすと、二人は脱兎のごとく駆けだした。

車を捨てる。その判断も早かった。

「待て」

日比が後を追い始める。だが、警官たちの足は速い。距離が縮まらぬまま、三人の姿は闇に消えていこうとした。

そのとき、先を行く警官の前に、二台のライトバンが飛びだした。ヘッドライトをハイビームにセットし、二人の行く手をふさぐようにして停車した。

さすがの二人も慌てたようだ。走る速度が一瞬、落ちた。日比がそのチャンスを逃すはずもない。一気に差を縮めると服部にタックルをかました。二人の巨体が、アスファルトの上をごろごろと転がる。それを見た長嶋はくるりと体の向きを変え、きた道を戻り始めた。仲間を見捨てる算段をしたようだ。

ライトバンのドアが開き、中から屈強な男が飛びだしてきた。体つきのわりに動きは俊敏だ。男は瞬く間に長嶋に組みつき、羽交い締めにしてしまった。

「は、離せ」

長嶋はなおも逃れようともがいている。その先では、日比が服部の頭をぽかぽか殴りつけていた。白戸は慌てて近寄っていった。

「日比さん、そのくらいにしておかないと……」

「うるせえ。俺は昔からおまわりってヤツが嫌いでな」

「あんまりやりすぎると、逮捕されますよ」

「やれるものならやってもらおうじゃねえか。証拠の写真は撮ったんだろう？」

「ええ。それはもうばっちり」

日比は服部の胸ぐらを摑み上げ、唾を飛ばしながら怒鳴った。

「おまえらのしていたことは、すべてお見通しなんだ」

何発殴られたのかは知らないが、服部は既に涙目になっている。

「おいおい、そのへんでやめときなよ」

路面を照らしていたヘッドライトが消え、助手席から男が現われた。峰岸だ。

「日比さんよ、あんたなかなかいい相棒を持ってるじゃないか」

黒縁メガネをクイと押し上げながら、峰岸は言った。「まさか、警官がステ看貼ってたとはな」

服部と長嶋は歩道脇に転がされている。峰岸と日比は肩を並べ、生気をなくした二人を見下ろした。

「日比と俺を争うよう仕向けて、この区域のステ看を一掃しようとしたわけか」

「それだけじゃねえ。こいつら、ステ看の貼り代もしっかりもらっていやがった。ちょっとした小遣い稼ぎもかねてたんだぜ」

「一石二鳥だな」

警察官二人はうなだれたまま、一言も喋ろうとしない。

「まあいいや。証拠の写真があるんだからな」

日比はしゃがみこみ、ドスのきいた声で言った。「今回は見逃してやる。その代わり、二度とこんな真似するんじゃねえぞ。証拠写真、ばらまかれたくはないだろ」

二人は警官に背を向けると、白戸の方に向かってきた。

「バカなヤツらだ。我々を共倒れさせたとしても、また別のヤツが乗りこんでくる。結局は鼬《いたち》ごっこになるのにな」

「俺も変だと思っていたんだ。おまえさんとこが、俺にケンカ売ってくるなんてな」

「へっ、よく言うな。本気で俺たちを潰そうと企んでいたのは日比、おまえさんの方だろうが」

「な、何言ってやがる。おまえの方こそ、あんなゴツイ野郎使いやがってよ」

「まあ、どちらにしてもケリはついたわけだ。あの坊主のおかげで」

二人は白戸の前で立ち止まった。まず口を開いたのは、日比だった。

「大した推理だったよ」

肩を叩かれ、白戸は頭をかいた。面と向かって言われると、少々照れくさい。峰岸がつづけて言う。

「回収されたステ看はどこへ行くか。そんな基本的なことを、我々は考えていなかった」

推理の出発点は、ステ看を作るにもそれなりのルートが必要だという日比の言葉だった。もし日比や峰岸以外の第三者が、この地区でステ看を取りつけているとして、そのステ看はどこで作っているのか。同業者たちの耳に入らず、どうやってステ看を作れるのか。

木枠に貼りつけるシートそのものは容易に手に入る。問題は木枠だ。木枠の流通には様々な組織がかかわっている。暴力団や右翼組織が資金源として行っている場合もあるという。これほど大量の木枠が発注されれば、同業者たちに知られないはずがない。

だが、もし木枠が楽に手に入る場所があったとしたら。

——最寄りの交番だ。

撤去された大量のステ看が、最寄りの交番に持ちこまれることはよくあるらしい。交番勤務の警官ならば、廃棄するステ看が山と手に入る。シートを剝がし、木枠だけ手に入れることも可能だ。身分を隠し、依頼主を探し、看板用のシートだけを発注する。木枠への貼りつけは簡単な作業だ。かくして、同業者に知られることもなく、立派なステ看が完成する。

さらに警官ならば、地域の実情に詳しく、日比たち何でも屋の行動にも通じている。ステ看の取りつけられるパターンなども、日常業務と称して徹底的にリサーチできる。

「昨夜、僕を追いかけてきたのは、プレッシャーをかけるためでしょう」

「日比の陣地をかき回せば、決戦の日も早くなる。ヤツらはそう踏んだんだな」

白戸と峰岸に見つめられ、日比は苦々しげに舌打ちをした。

「ちっ、人を単細胞みたいに言うんじゃねえ」

「日比、ところでおまえ、いつまでステ看貼りなんぞやってるつもりだ？」

峰岸が真顔に返ってきいた。「そんなことしなくても、おまえなら楽に食っていけるだろうに」

「うるせえ。そんなこと、判るかよ」

日比は目を逸らしたまま、警官たちの立てたステ看を見ている。

「ステ看つづけるのは、尾崎のためか？」

峰岸はつづけた。「あの印刷屋のために、おまえ……」

尾崎印刷？　ステ看を作っているあの印刷屋のことか。興味を覚え、白戸はきいた。

「あの印刷所、日比さんと何か関係があるんですか？」

「若いころ、いろいろと世話になったらしい。何があったかは知らないが、こいつ今でも恩を感じているんだ」

「なるほど。それでステ看を……」

ステ看作りは金になる。それがなくなったら、印刷所は潰れちまう。そう言ったのは日比であった。

「日比さん……」

「ふん、あの爺さんがくたばったら、すぐにでもやめてやらあ。だが、それまで、この区域は俺の縄張りだ」

日比はそう言うと、一人、中野駅の方へ歩きだした。白戸は慌ててその後を追う。

「日比さん、待ってくださいよ」

「何だ？　もう仕事は終わりだ。ご苦労だったな」

「何言ってるんですか。まだ、バイト代もらってませんよ」

「けっ、しっかりしてやがる。いつもなら即金なんだがな。今回はちょっと待ってくれないか。何しろ俺もタダ働きだ」

「いいですよ。時給一万円としてしめて二十四万円。実働二十四時間超えてますけど、サービスしときます」

「二十四万請求しといて、サービスもくそもあるか。あの警官野郎のせいで、とんでもない出費だ」

「言い訳無用です。約束ですから」

「判ったよ。銀行が開くまで少し待ってくれ」

「支払いは今日でなくてもいいです」

「何？」

「二十四万、倉田に渡してください。もともとは、倉田のやるべき仕事だったんですから」

日比はまじまじと目を見開いて、白戸を見た。まるで化け物でも見るような目つきだ。

「本気で言ってるのか？」

「あいつ、金にはけっこう苦労してるんですよ。それ知ってるから、日比さんもあいつを使ってたんでしょう？」

「そ、そんなこと、俺は知らねえよ」

「とにかく、金はあいつに渡してください。僕はここで失礼しますから」

午前五時。始発も動いているだろう。早く下宿に戻り、思いきり寝たい。体全体が鉛のようだ。

「白戸、おまえ……」

日比は立ち止まったまま、白戸を見つめている。白戸は右手を上げ、

「ステ看貼りなんて、早いとこやめた方がいいですよ。それじゃ」

朝の空気は冷たく、肌を刺すようだった。早稲田通りを渡り、中野駅を目指す。通りの電柱には、風雨にさらされボロボロになったステ看がへばりついていた。針金の先端が白戸の方を向いている。

白戸は先端を丸め、ステ看をまっすぐにつけ直した。

しばらく歩いてから、ちらりと後ろをふり返った。日比の姿は、もうどこにもなかった。

セイフティゾーン

1

「残高不足です。やり直してください」

ＡＴＭ、現金自動預け払い機から、通帳が吐きだされた。

預金残高五十一円。

その数字を見て、白戸修《しらとおさむ》は声をあげた。記帳が終わったばかりの通帳に、もう一度目を落とす。

「え？」

預金残高五十一円。

そんなバカな。口座には一万五十一円残っているはずだ。白戸は、日付ごとに金の出入りを確認していった。最後に現金を引きだしたのが四日前。そのときの残金は、間違いなく一万五十一円だった。

「あれ？」

白戸の目が止まったのは、「お支払金額」欄の最後の部分だ。昨日の日付で、一万円が引きだされていた。引出人については何も書かれていない。

「そんな……」

白戸には覚えがなかった。クレジットカードなどは持っていないので、勝手に引き落とされることはない。今月の公共料金の引き落としは、もう済んでいる。自分で引きだした記憶もない。

——どうなってんだよ、これ……。

通帳を手にしたまま困惑していると、どんと背中を突かれた。

「おい兄ちゃん、終わったんなら、さっさとどいてくんねえか？」

革ジャンを着こんだいかつい男が、眉を逆ハの字にしてすごんでいる。彼の後ろには、既に長蛇の列ができていた。

「あ、すみません」

白戸は慌てて、脇にどいた。月末の金曜日。銀行がもっとも混雑する時間だ。十台あるATMはすべて使用中で、順番待ちの列は徐々に長くなっている。

白戸は隅に寄り、通帳に目を戻す。預金残高五十一円。

——一万円はどこに消えちゃったんだ？

昨日は一滴も飲んでいないから、酔っぱらって引きだした可能性もない。バイト代の前借りをした覚えもなければ、後払いで何かを買ったこともない。

いくら考えてみても、思い当たるふしはなかった。

親が勝手に引きだしたのだろうか。両親には、口座番号と万一のために暗証番号まで教えてある。

いや、そんなバカな。白戸は田舎に住む両親の顔を思い浮かべた。家のローンを抱えているからといって、息子の金を盗むほど落ちぶれてはいないはずだ。それも、一万円ぽっち。

「あの、お客さま」

呼びかけられ、顔を上げた。目の前に、紺色の制服を着た、中年の女性が立っている。胸には「お客さまご案内係・森島《もりしま》」のバッジが光る。

「何かお判りにならないことでも？」

隅で通帳をにらんでいる様子が、不審に思えたのだろう。

「い、いや、あのぅ……」

白戸は口ごもった。

「どうかなさいましたか？」

「五十一円」

「は？」

「残高が五十一円になっちゃったんです」

「五十一円……。それはお気の毒に」

「実は覚えがないんです」

「は？」

「一万五十一円ないとおかしいんです。一万円が消えちゃったんです」

中野駅北口。バスのロータリーを越えた中野通り沿いに、出海銀行中野北口支店はあった。

五階建てのビルを構え、お得意様である地元商店街を見下ろしている。

白戸は森島に連れられ、一階奥にある応接室へと通された。応接室といっても名ばかりのもので、四方に簡単な仕切りがあるだけのいたって簡素な代物《しろもの》であった。硬いソファに座っていると、周囲の喧騒が嫌でも耳に入ってくる。

一階には普通預金と定期預金の窓口があり、今も多くの人でごった返していた。カウンターにある窓口は全部で六つ。そのすべてが埋まっている。順番を待つ人の数は増える一方。三十人はいるだろうか。

白戸は壁の時計に目をやった。午後二時三十分。ここに通されて二十分以上になるが、その間、お茶一杯出てこない。目の前にはガラス製の灰皿と銀色のライターがあるだけだ。煙草を吸わない白戸は、すっかり退屈してしまった。

だが、このまま引き下がるわけにはいかない。消えた一万円は、何としても取り戻さなければ。

今の自分にとって、一万円は貴重である。バイトの給料日まであと一週間。それまでの食費を賄う、虎の子の一万円だったのだ。

「お待たせいたしました」

突然、長身の男が応接室に入ってきた。髪を七三に分け、銀縁のメガネをかけている。銀行マンのイメージを、ここまで具現化している人間もめずらしい。腹立ちも忘れ、座ったまま礼を返した。男は背筋をしゃんと伸ばすと、

「私、営業課長の笠口《かさぐち》と申します。誠に申し訳ございませんが、お二階の方にお移りいただけますでしょうか」

「え？」

「二階にも応接室がございまして、そちらの方に」

「応接室って、ここも応接室でしょ？」

「は……応接室は応接室でございますが、一般の方用の応接室でして」

何を言っているのか、さっぱり判らない。仕方なく、白戸は立ち上がった。

「それで、僕の一万円、どうなったんです？」

「とにかく、お二階へ」

「あれがないと、明日から何も食べられなく……」

「とにかく二階の方へ」

笠口は頭を下げながら、白戸の袖を引く。

「ちょっと、やめてくださいよ」

振り切るようにして、白戸は応接室を出た。窓口担当の女性、順番待ちをしている人々。皆の視線が集中する。

「白戸様、どうか、お二階の方へ」

「判った、判りましたよ。行けばいいんでしょ」

笠口の顔に、満面の笑みが浮かぶ。

「ありがとうございます。どうぞ、こちらへ」

笠口は応接室の奥にあるエレベーターへと、白戸を誘導した。一階で待機していたらしく、ボタンを押すと、すぐに扉が開いた。

「へえ、こんなところにエレベーターがあったんだ……」

「通常は、階段をお使いいただいてますので」

エレベーターは上昇を始め、十秒近くかかって二階に停まった。これなら、階段を使った方が早いだろうに。

二階フロアーは、一階とほとんど変わりがなかった。窓口が六つ。その後ろに整然と並ぶデスク。カウンターで仕切られた向こう側には、やはり順番待ちの人々がいる。

「白戸様、どうぞこちらへ」

笠口に言われ、エレベーターの隣にある応接室に入った。中の様子は、一階の応接室と何ら変わりはない。座り心地の悪いソファまで同じだ。

白戸が首を傾げていると、控えめなノックが聞こえた。

「失礼します」

入ってきたのは、制服姿の女性である。無言のまま、目を合わせることもなく、白戸の前にコーヒーカップを置いた。

「あ、どうも……」

女性は、最後まで顔を上げようとはしなかった。戸口に立つ笠口を避けるように、扉の向こうへと消えていく。

扉が閉まるのを確認すると、笠口はようやく白戸の向かいに腰を下ろした。

「どうぞ」

カップから芳しい香りが立ち上ってくる。インスタントコーヒーばかりガブ飲みしている白戸にとっては、またとないご馳走だ。一階と二階の違いというのは、どうやらコーヒーの有無らしい。

「いただきます」

白戸はカップに口をつけた。刺激的な苦味が舌の上に広がる。そこらにある喫茶店のものより、はるかにうまい。満足してため息をついた瞬間、笠口の抑えた声が意識に割りこんできた。

「あのう、実は……」

白戸の意識が現実に引き戻された。そうだ、コーヒーに舌鼓を打っている場合ではなかった。あの一万円には、明日からの生活がかかっているのだ。

笠口はうつむき加減になりながら、蚊の鳴くような声で言った。

「白戸様の口座の預金につきまして、手違いがありました」

「手違い？」

「はい。原因は目下調査中でございますが、白戸様の口座から誤って現金を引き落としてしまいました」

「やっぱり」

「はい。こんなことは、当行でも初めてのことでございますので、まずは原因を追及しましてですね……」

「あの、そんなことはどうでもいいんです。僕のお金、返していただけるんですか？」

「それはもちろん。一万円、きちんとお返しいたします」

「安心しました。あのお金がないと、明日から食べていけないんで」

それを聞いた笠口の目に、ためらいの色が走った。

「それがですね、現金のご返還には、手続き上のことも含め、一週間ほどお時間をいただくことになります」

「は？」

「手違いとはいえ、お客さまの口座に現金を振りこむわけでございますから、それなりの手続きを踏みませんと」

「手続きって、あの一万円はもともと僕のお金ですよ」

「ですが、こうした事態は初めてのケースでして、本店の方に確認を取りまして……」

「お金は今すぐ欲しいんです」

白戸は尻ポケットから、縁のすり切れた財布を取りだした。札入れの部分を開き、笠口に見せる。中には、千円が一枚。

「今、これだけしか手許にないんです。あの一万円がないと……」

「どうかご容赦を」

笠口は頭を下げるばかりである。だが、ここで引き下がるわけにはいかない。大学の卒業式も終わり、友人たちと会う機会もない。郷里に帰ったり、卒業旅行に出たり、会社の研修に行ったり、それぞれ忙しい日々を送っているはずだ。こんなときに金の無心などできるものではない。

白戸には一つの目算があった。このままねばっていれば、笠口が自腹を切り一万円を貸してくれるかもしれない。高給取りの銀行員にとって、一万円くらい何でもないだろう。

白戸は腹をくくり、硬いソファに座り直した。それを見た笠口の表情は、ますます悲愴味を帯びていく。が、やがて、

「判りました」

こっくりうなずくと、彼は立ち上がった。「支店長の意見を聞いてまいります」

唖然とする白戸を一人残し、笠口は応接室を出ていった。

いったい、何のつもりなんだ。人の金を勝手に引き落としておいて。一万円くらい、貸してくれてもいいじゃないか。

「一万円くらいいか……」

白戸は肩を落としてつぶやいた。たかが一万円、されど一万円だ。なんでもいいから、早く返してくれよ。金をもらうまで帰らないからな。

2

十五分たっても、笠口は戻ってこなかった。支店長といったい何を話しているんだ。ここは銀行だろう。一万円ごときで、どうしてここまで手間がかかるんだ。

硬いソファのせいで尻が痛くなってきた。立ち上がり、思いきり伸びをする。ほっとしたのもつかの間、今度は尿意を感じ始めた。

「まいったなあ」

笠口が戻ってくる様子はない。白戸はそっと応接室から顔をだした。デスクに座る女性たちは、誰もこちらのことなど気にしていない。客の数も、さきほどに比べずいぶん減っている。

何気ないふうを装いながら、通路へと出た。すばやくフロアー内を見渡す。だが、「W・C」の表示はどこにもなかった。

「どうかなさいましたか？」

背後から声をかけられ、白戸は飛び上がった。ふり返ると、目の前には中年の女性が一人。ATMコーナーで声をかけてきた、森島というお客さまご案内係だ。

「お金の件は片づきましたか？」

「いえ、それが……」

白戸は、今の状況を手短に話した。

「銀行、お役所はどこも手続きに時間がかかるものですから」

「そうですか。弱ったなぁ」

そんな白戸を見上げながら、森島はニコリと笑った。

「これ、お貸しします」

スカートのポケットに入っていた財布から一万円札を取りだし、白戸に差しだした。

「と、とんでもない。そんなことできませんよ」

「お貸しするだけです。口座にお金が戻ってきたときに返していただければ、それで構いませんので」

「でも……」

「パートみたいなものでも、ここのお給料はけっこういいんですよ。一万円なくたって、困りはしません」

このセリフ、笠口のヤツに聞かせてやりたい。

「それじゃあ、お言葉に甘えて……」

白戸は一万円を手に取った。森島はまたニコリと笑う。

「それで、どこへ行かれるつもりだったんですか？」

「実は、トイレに……」

「え？」

「トイレに行きたくて」

「あらあら、それは大変。ですが、このフロアーのトイレは、いま故障中なんですよ」

「え？　弱ったな……」

「上の階のをお使いになられたらいいですわ。一階に下りるより近いですから」

「でも、いいんですか？　勝手に上がって行っちゃって」

「本当はダメなんですけど、こういう場合ですから。なるべく早く戻ってきてください」

「判りました」

「上は渉外、つまり営業のオフィスになっています。そこの階段からどうぞ」

エレベーターと並ぶようにして、階段があった。職員専用のものなのだろう。

「いろいろ、すみません」

「いいんですよ」

「このお金、来週中には返しにきますから」

「気にしないでください。私はたいてい、ＡＴＭのコーナーに立っていますから」

森島はそう言うと、先に階段を下りて行った。一階のＡＴＭコーナーに戻るらしい。

白戸は教えられた通り階段を上った。

三階の様子は、一階、二階とはまるで違っていた。エレベーターホールの前には小さな受付カウンターがあり、その向こうにはデスクがずらりと並んでいる。銀行というよりは、商社のオフィスのようだ。

どのデスクにも人はおらず、手前のデスクに制服の女性が一人座っているだけだ。階段を駆け上がってきた白戸を、驚いた表情で見つめている。

「あ、あの、何か?」

場所を尋ねるのは、躊躇《ためら》われた。相手は若い女性なのである。とはいえ、尿意を放っておくわけにもいかない。白戸は相手の顔から目を逸らし、小さな声できいた。

「トイレは、どこですか?」

不審の目を向けつつも女性は、

「廊下のつきあたりなんですけど、今は清掃中です」

「え?」

「当分、終わらないと思いますけど」

では、どうしろというのだろう。

「二階のトイレが故障中なんです。それでここにくるよう言われたんですけど」

「四階は食堂になっています。そこのをお使いになられたらいかがでしょうか?」

「食堂? 銀行の中に食堂があるんですか?」

「ええ。ここの従業員、パートさんを含めると四十人近くになりますから」

彼女はそれだけ言うと、デスクの上に積み上げられた書類をさばき始めた。白戸の方など見向きもしない。

それにしても、一階フロアーしか知らない白戸にとって、銀行の内部構造はなかなか興味深かった。銀行というと、女性行員の並ぶ窓口とATM、それに巨大金庫。思いつくのはそんなものくらいだ。

だが、銀行も企業である。営業部もあれば社員食堂だってある。いたって当然のことなのだ。

四階の食堂は、思っていた以上に広かった。食事スペースと厨房はカウンターで仕切られており、まず食券を買うシステムになっているようだ。テーブルはすべて丸テーブル。一つに四人から五人が座れるようになっている。

午後三時を回ろうとするこの時間、食堂に人気《ひとけ》はなく、厨房もしんと静まり返っている。

白戸は用を足すべく、フロアーを歩いていった。左手に「お手洗い」の表示がある。

「パン」

乾いた破裂音が、遠くに聞こえた。足を止め、耳をすます。何やら人のざわめきがする。腕時計を見ると、午後三時ちょうど。窓口業務終了の時刻だ。ギリギリに駆けこんできた客が騒いでいるのかもしれない。

気にせず、トイレに入った。左側に掃除用具の収納スペース、右に洗面台が二つ並んでいる。小便器と個室はその奥にあった。

白戸は小便器の前に立った。便器の真上、ちょうど目線の高さに、『この顔にピンときたら一一〇番』のポスターが貼られ、六つの顔写真が印刷されている。白戸は見るともなく、端から順番に眺めていった。上段右側は連続窃盗犯、田中義人《たなかよしと》。年齢三十二、童顔、垂れ目のおとなしそうな顔をしている。とても窃盗犯には見えない。左側には、殺人犯杉田孝三《すぎたこうぞう》。年齢四十五、切れ長の目に鷲鼻。げっそりと頬のこけた凶悪な面相だ。男を殺し逃亡中とある。下段には、連続強盗犯として四人の似顔絵写真が並んでいた。

一週間ほど前、豊島区東長崎駅前にある銀行に、猟銃二挺を持った四人組が押し入った。四人は現金二千五百万円を奪って逃走。その翌日、今度は飯田橋駅前の銀行に強盗が入った。手口などからみて、同じ四人組らしい。そこでの被害金額は三千四百万円。以来、同一グループの犯行と思しき銀行強盗が連続三件起こっている。被害総額は一億を超え、パトロールを強化していた警察の面子《メンツ》は丸潰れとなった。各銀行は、緊急時の通報システムを強化。対応に追われているという。

――犯人の顔を覚えさせるには、最適の場所だな。

洗面台で手を洗い、白戸は廊下に戻った。そのとたん、またあの破裂音が聞こえた。今度は三回連続だ。

「きゃーっ」

つづいて、かん高い女性の悲鳴。階段を駆け上ってくる荒々しい足音が、かすかな振動とともに響いてきた。

白戸は、廊下のまん中で立ちすくんでいた。ただならぬ気配がただよっている。フロアー内を見渡してみたが、やはり人気はない。ここには白戸一人しかいないようだ。

「おらっ、てめえ」

野太い男の怒鳴り声。白戸はびくりと体を震わせた。声はすぐ下、三階から聞こえてくる。

「な、何ですか、あなた……」

半ば悲鳴と化した声は、さきほどトイレの場所を教えてくれた女性らしい。

「うるせえ、さっさと下におりろ」

わめき声とともに、イスか何かを蹴倒す音が轟いた。白戸は恐る恐る、階段を下りてみた。手すりに身をもたせかけ、そっと三階の様子を見る。

白いジャンパーを着た、いかつい男の後ろ姿が、目に飛びこんできた。右手にはサバイバルナイフ。左手で女性の腕を捻り上げている。

「さっさと行け」

ふいに、男がふり向いた。白戸が四階に戻ろうとした瞬間、目と目が合った。

先に反応したのは、白戸の方だった。手すりにしがみつくようにして、階段を駆け上がる。

「てめえ、待ちやがれ」

男の声が、後を追ってきた。白戸はもつれる足を必死に動かし、食堂の中を駆ける。後ろをふり返る余裕はない。テーブルの間を、闇雲に走った。

壁際に追い詰められるまでに、十秒とかからなかった。白戸は何も考えず部屋の奥へとまっしぐらに進んだだけだ。男はナイフを突きだしたまま、ものすごい形相で迫ってくる。

——殺される。

本能的に体が動いていた。目の前にあったイスを、男めがけて投げつけた。当たるなどとは思っていない。恐怖から出た咄嗟の行動だった。

イスは男の手前に落ちた。だが、バウンドしたイスの脚に、男が躓《つまず》いた。猛烈な勢いで男は壁に激突、床に倒れこむ。

白戸は壁に背をつけたまま、横に移動した。逃げだすなら今だ。頭のどこかでそう叫んでいる自分がいる。だが、両足は麻痺したように動かない。

男ががばっと立ち上がった。額から血が出ている。

「てめえ……」

ナイフを高々と振りかざし、黄色く淀んだ目が怒りに燃えている。

——もう駄目だ……。

白戸は首をすくめ、ギラギラと光を放つナイフの切っ先を見上げた。

「げふっ」

青く細長い物体が、飛んで来た。それは男の左耳に当たり、くるくると回転しながら宙を舞う。男は耳を押さえ、片膝をついた。トイレの洗浄液『ピカルック』の容器が、床に転がる。

白戸の目の端に、男子トイレのドアが映った。その前に、白い清掃着姿の男が立っている。歳は四十代半ば、「清掃員」と書かれた緑色の腕章をしていた。

「野郎……」

ナイフを握り直し、男が立ち上がる。標的は白戸から清掃員に移っていた。巨体が、白戸の目の前を走り抜けていく。白戸は思わず目をつぶった。清掃員は丸腰だ。あんな巨漢にかなうはずがない。

ギギッと、金属を引き裂くような嫌な音がした。薄目を開け、そっと二人の様子を見る。二人の男は間近で対峙していた。ふり下ろされたナイフを、清掃員が金属製のトレイで受け止めたのだ。ナイフの切っ先はトレイを破り、清掃員の鼻先で止まっていた。逆手にナイフを握った男は、このまま一気に突き通そうと力をこめている。

「きさま、殺してやるぜ」

男が一層力をこめた瞬間、清掃員がトレイをねじった。ナイフと腕が連動し、巨漢はくるりと一回転、背中から床に叩きつけられた。

「ぐえっ」

ヒキガエルのような声をだし、男は目を回してしまった。

清掃員は倒れた男のポケットからナイフの鞘を引っぱりだした。つづいて、トレイに刺さったナイフを抜き、収める。

「おまえ、名前は?」

清掃員は、低い声で尋ねた。壁にへばりついていた白戸は、何とか自分の名を言おうとした。だが、声が出てこない。清掃員は息を乱した様子もなく、白戸の前に立った。

「俺は、芹沢哲生《せりざわてつお》」

「し、白戸……修です」

喉の奥から、嗄《かす》れた声が出た。口の中がカラカラに渇いていて、舌がうまく回らない。

「学生か？」

「この間、卒業したばかりです」

「おまえ、何でこんなところにいる？」

「へ？」

「普通、客はこんなところまで上がってこない。何で、食堂なんかにいるんだ？」

「トイレを……借りに」

芹沢と名乗った男は、ふんと鼻を鳴らし肩をすくめた。

「やれやれ、おまえのせいで面倒なことになっちまった」

トイレの前の床には、男が大の字になっている。

「いったい、何があったんです？　あいつは、何者なんですか？」

「たしかなことは判らないんだがな、どうやら、強盗が入ったらしい」

「強盗？」

「武装強盗ってやつさ。かなり質《たち》が悪い」

芹沢は奪い取ったナイフを手のひらに載せる。「だが、状況はそれ以上に悪そうだぞ。窓の外を見てみろよ」

白戸は言われるがまま、窓際に近寄った。ブラインドを上げ、外を見下ろす。

「げっ」

銀行の周囲はパトカーで埋め尽くされていた。赤色灯の光が、あちこちで明滅している。銀行の正面では、制服警官が列を作っており、その人数は増えつづけている。

「こ、これは……」

「犯人どもは、銀行内にたてこもっているようだ」

「じゃあ、さっき聞こえたパンっていう音は……」

「銃声だろう」

絶望的な状況は、白戸にも理解できた。

「それじゃあ、僕らは……」

「そういうことだ。銀行強盗の人質になったのさ」

3

「ほら、しっかり持て」

男の体はずっしりと重かった。頭を芹沢が持ち、脚を白戸が担当する。男をトイレにある清掃用具入れに放りこもうというのだ。男の手首、足首は、芹沢が見つけてきた革紐で縛ってある。

「まったく、やっかいなことになったものさ」

モップやバケツとともに男を押しこむと、芹沢は扉を閉め、鍵をかけた。「よりによって、俺のいる銀行を襲うなんて」

　白戸の目は、小便器上の手配写真に釘づけだ。連続銀行強盗犯。いま閉じこめた男は、一番左端の似顔絵とそっくりだった。

「芹沢さん、これって……」

「気づくのが遅いぞ。こいつは、四人組のうちの一人さ」

　事態をよく把握できないまま、白戸はトイレを出る。

「上に移動するぞ。そこで情報収集だ」

　食券販売機の前に、薄汚れた革の鞄が置いてあった。芹沢の持ち物らしい。それを肩にかけ、階段を上がり始める。白戸も慌てて後につづいた。

　階下からは、何の物音もしない。その静けさがかえって不気味だ。

「止まれ」

　上りきったところで、芹沢が言った。壁に体をつけ、そっとあたりの様子をうかがっている。

　目の前には長い廊下があった。壁や天井はオフホワイト、床にはグレーのカーペットが敷かれている。つきあたりと左右に、扉が一つずつ。それぞれに「使用」「未使用」の札がかかっていた。どうやら会議室として使われているようだ。

　やがて、芹沢が歩きだした。左側の扉に耳をつけ、様子を探っている。ノブを回すと、音もなく開いた。

芹沢の肩ごしに、白戸も中をのぞきこんだ。ロの字型に並べられた、机とイスがあるだけ。

「よし、入れ」

芹沢は鞄をデスクに放り投げると、白戸を中に引っぱりこんだ。扉を閉め、鍵をかける。

「表の様子はどうだ？」

白戸は窓辺に寄った。パトカー、野次馬の数はますます増えるばかりだ。上空にはヘリコプターも飛んでいる。

「あのヘリコプター、テレビ局のでしょうか？」

「おそらくな。さて……」

芹沢が鞄を開き、中から何やら取りだした。弁当箱を二つ重ねたような、金属の箱だ。上部には伸縮式のアンテナがついている。

「芹沢さん、それ、もしかして、テレビですか？」

液晶画面の小型テレビだ。芹沢は受信状態を確かめながら、アンテナの方向を探っている。

「案の定だ。どの局も、特別番組を流してる」

画面には、シャッターを下ろした銀行が映しだされていた。頭の上を飛んでいる、ヘリからの映像に間違いない。画面右下には「銀行占拠！　出海銀行中野北口支店　人質四十人？」のテロップが出ている。それを見て、白戸は声をあげた。

「人質四十人？」

三階にいた女性が、銀行内にはパートも含め四十人が働いていると言っていた。外回りに出ていた行員を除いたとして、そのほとんどが人質になってしまった計算になる。

「客も何人か入っているだろうな。場慣れしているだけあって、なかなか手際がいいぜ」

画面をのぞきこみながら、芹沢が言った。落ち着き払ったその態度に、白戸はわけもなく苛ついた。

「芹沢さん、これからどうします？」

芹沢は画面をにらんだまま、ニヤリと笑う。

「どうするかを決めるのは、俺たちじゃない。向こうさんだ」

「え？」

「犯人どもだよ。上に行った仲間が戻ってこないことに、そろそろ気づくだろう。様子見に、一人寄越すはずだ。俺たちの行動は、そいつ次第で決まる」

テレビ画面が、ニュースタジオに切り替わった。新しい情報が入ったようだ。硬い表情の男性アナウンサーが、原稿を読み上げる。

「……警視庁の発表によりますと、犯人グループは四人。連続銀行強盗事件の一味に間違いないとのことです」

四人。そのうちの一人は倒したわけだ。白戸は思わず身を乗りだした。

「もし四人なら、残るは三人です」

「そんなことは言われなくても判っている。清掃員でも引き算くらいできるんだ」

「あと三人なんですよ。それくらいだったら、何とかなるんじゃないですか？」

「迂闊《うかつ》なことは考えるんじゃない。うち二人は銃を持っているんだ」

画面に見入っていた芹沢が体を起こし、腕時計に目を走らせた。

「テレビを消せ」

芹沢が扉を薄く開き、廊下をのぞき見る。

「移動する。音を立てるんじゃないぞ」

テレビを入れた鞄をぽんと叩き、芹沢は先に廊下に出た。そのまま、五メートルほど先のトイレ前まで移動、「こい」と手で合図を寄越した。

勢いつけて廊下に出た白戸だが、とたんに足がもつれ、ひっくり返りそうになった。壁に手をつき、何とかこらえる。叫び声をあげなかったのは、これまた奇蹟だ。

芹沢が両掌を前にだし、上下に動かしている。「落ち着け」という合図だろう。

――そんなこと、言われても……。

半泣きになりながら、歩を進めた。五メートル足らずの距離が無限に思える。

白戸が到着した後も、芹沢は壁に背をつけたまま動こうとしない。あくまでも冷静に、これからの行動を検討しているようだ。

――こんな状況下で、どうしてこうも落ち着いていられるのだろう……。

考えてみれば、不思議な話である。芹沢は警備員でも警察官でもない。ただの清掃員だ。

現に、彼の左腕には緑色の腕章がついている。

そんな清掃員が、銃声を聞いても顔色一つ変えず、さらにはナイフを持った大男を捻り倒す。

　あのテレビだってそうだ。小型になったとはいえ、それなりに重くかさばるテレビを持ち歩くなんて、ふつうでは考えられない。

「おい、ぼやぼやするな」

　襟首を摑まれ、トイレの中に引きずりこまれた。

「ちょっと、芹沢さん……」

「大声をだすんじゃない」

　トイレの造りは、三階、四階と同じであった。左に掃除用具入れ、右に洗面台。芹沢は用具入れの扉を開け、中のものを物色していた。

「芹沢さん、何してるんです？」

「掃除用具ってのは、けっこう使えるものがあるんだ。これ、持っててくれ」

　白戸の頭に、何やら濡れたものがかぶさってきた。床掃除用のモップである。

「き、汚ないなあ。口の中に入ったじゃないですか」

「死にゃしないさ。それよりおまえ、扉のところからエレベーターの様子を見ていてくれ」

　トイレの扉を薄く開け、廊下を見やる。階段の向こう側にエレベーターが見えた。芹沢がきいてくる。

「今、何階に停まっている？」

　階数を示すデジタルの表示板は、「1」になっていた。

「一階にあるみたいですけど」

「動きだしたら知らせろ」

「え？」

「さっきも言っただろう。ヤツらの一人が、そろそろ様子見に上がってくるはずだ」

「でも……」

「ヤツらはまだ俺たちの存在に気づいていない。階段を使うとは限らないだろう」

芹沢はそう言いながら、ロッカーの扉を閉めた。右手には便器を掃除するためのブラシを、左手にはトイレットペーパーを一ロール持っている。

芹沢がトイレを出たとたん、エレベーターの階数表示が上がり始めた。誰かが上に昇ってくる。

「おいでなすったぞ」

芹沢はトイレットペーパーの穴に、ブラシを差しこんだ。それを左手に持ち替え、右手で白戸の持つモップを取り上げる。エレベーターは既に三階を通過していた。

「おまえは階段の方を見張っていてくれ。物音を聞きつけて、上がってくるヤツがいるかもしれん」

芹沢と白戸は左右に分かれ、エレベーターの脇にしゃがみこんだ。今度はどんな男がやってくるのか。白戸の両足は、震え出していた。

エレベーターの到着を知らせるチンという音が、廊下に響きわたる。

扉が開くと同時に、芹沢は胸ポケットからライターを取りだした。火を点《とも》すと、左手に持ったトイレットペーパーに点火する。ブラシの先でペーパーが燃え上がり、即席の松明《たいまつ》になった。その松明を、エレベーターの中に投げ入れる。

「げっ」

中から叫び声が聞こえ、坊主頭の男が飛びだしてきた。手には、刃渡り数十センチの包丁を握っている。

芹沢がモップを振り下ろし、坊主頭の手首を一撃した。床に転がる包丁。男の細い目が、ぎょっと見開かれる。その間も、芹沢の動きは止まっていない。モップが宙で綺麗な円を描き、その先端が男の顎を直撃した。

「ぐえっ」

くぐもった呻き声を発し、坊主頭はその場にくずおれた。芹沢は男の手首、足首を縛り上げ、猿ぐつわをかませる。そのままひょいと肩に担ぎ上げた。

「白戸、モップを扉にはさめ。扉が閉まらなければ、エレベーターは使用不能だ」

白戸は床に転がったモップを取り上げ、今にも閉まろうとするエレベーターの扉にはさみこんだ。扉は異物を感知し、いったん開く。モップがつっかえ棒の役目を果たし、扉が閉まらなくなるのだ。扉が閉まらない限り、いくら呼んでもエレベーターは使用不能である。

「これで、しばらくは静かにしてるだろう」

芹沢は坊主頭を担いだまま、トイレに入っていく。男を掃除用具入れに放りこむ、ドスンという音が聞こえてきた。

時刻は午後五時ちょうど。たてこもりが始まってから、約二時間だ。芹沢はその間に一味の半数を倒し、トイレに監禁してしまった。沈着冷静な態度、素早い行動。やはりただ者ではない。

「さっきの部屋に戻る」

肩をこづかれ、白戸は我に返った。芹沢はいつの間にトイレから出てきたのだろう。自分の気配を消す術を、この男は心得ているのだろうか。それとも、単に自分が鈍感なだけなのだろうか。

首を捻りながらも、白戸は後につづいた。

4

午後八時。すべてのテレビ局が予定を変更し、特別番組を流していた。芹沢は、ときおり腕時計で時刻を確認しつつ、じっとテレビ画面を見つめている。スタジオでは、アナウンサーと記者が、事件発生のプロセスを検証していた。

「犯人グループが出海銀行に押し入ったのは、午後三時ちょうど。過去三件の犯行と同様、閉店間際を狙った計画的な犯行でした」

「それがどうして、たてこもり事件にまで発展してしまったのでしょうか」

「銀行側の通報から警察が到着するまで、通常三分ほどかかります。犯人グループも、三分を一応の目安にしていたものと思われます。しかし、管轄の野方警察署は、午後三時前後の緊急通報に備え、警ら車両を待機させておりました。そのため、通報から二分弱で現場に到着することができたのです」

「つまり、犯人グループは逃走の機会を逸してしまったというわけですね」

「そうなんです。事件発生から約五時間たちますが、犯人側からの要求はいまだなく、事態は膠着状態に入っています」

「人質の方の安否が気づかわれ……ちょっとお待ちください」

アナウンサーの顔に、緊張が走った。

「何か動きがあったようです。現場を呼んでみましょう」

スタジオから銀行前にカメラが切り替わる。

「人質が解放された模様です」

若い男性アナウンサーがそう叫んだ。芹沢の太い眉がぴくりと動いた。

「たった今、銀行の正面玄関より、人質が解放されました。かなりの人数です」

カメラは上空のヘリに切り替わった。玄関から走りだしてくる人影が見える。

「何人の方が解放されたのか、まだ確かなことは判りません。ただ、三十人以上であることは間違いありません」

現場は混乱を極めているのだろう。アナウンサーの声も、怒鳴り声や雑音で聞き取りづらくなっている。

「どういうことですか？」

白戸はテレビのボリュームを少し上げ、芹沢に向き直った。「犯人グループが投降したってことですか？」

「違うな。厄介払いをしただけだ」

「厄介払い？」

「犯人グループは今や二人。それに対して人質は約四十人。多すぎる人質は、犯人の足を引っぱる。だから、必要最小限の人数だけを残して、解放したんだろう」

銀行から走り出る人の列は、まだつづいている。芹沢が腕時計に目を落としつつ、「男や若い女は全員解放しただろうな。抵抗されると厄介だ。残されたのは、年配の女性が十人ほどってところか」

「これから、どうします？」

「しばらくは、ここに籠っていようと思っていたんだがな」

そう言う芹沢の顔には、かすかな焦りが浮かんでいた。また腕時計に目をやる。

「何か、予定でもあるんですか？」

テレビを片づけ始めた芹沢に、白戸はきいた。

「何？」

「さっきから、時間を気にしているみたいだから」

芹沢は何も答えなかった。口をへの字に結び、鞄のファスナーを手荒く閉める。

そのとき、卓上の電話機が鳴った。決して大きな音ではなかったが、場合が場合である。心臓を鷲摑みにされたような衝撃を受けた。

「せ、せ、芹沢さん、電話、電話」

「そのくらい判っている。落ち着け」

芹沢は電話機に近づくと、発信ランプを確認した。

「内線だ。一階から、ヤツらがかけているんだ」

「で、出なくていいんですか?」

「出て何を喋るんだ。受話器を取れば、こちらの居場所を知られる可能性がある。すべての部屋に、片っ端からかけまくってるんだよ」

「でも……」

「ヤツらは人質の数を減らして身軽になった。捕らえられた二人を助けに、誰か上がってくるかもしれん。とにかく移動だ」

芹沢の姿が、ドアの向こうに消えた。一人取り残されてはたまらない。四つん這いのまま、白戸も後を追う。

「ちょっと待ってください」

「早くこい」

芹沢は階段のそばでしゃがみこみ、じっと階下の様子をうかがっていた。白戸はその背中

にしがみつくようにして、

「下におりて、いったいどうするんです？」

「閉じこめてある二人を、一ヶ所に集めよう。こっちの切り札になるかもしれん」

「人質にするんですか？」

「バカ、人質になっているのは、俺たちだよ」

笑えない冗談だ。白戸は芹沢の横顔を見やった。二度にわたる格闘で、彼の髪は乱れていた。汗とほこりで黒ずんだ顔に、うっすらと生えた無精髭。

そんな芹沢の顔に、白戸は奇妙な既視感を覚えた。この顔には、見覚えがある。いつどこで見たのか思いだせない。だが……。

白戸の物思いは、芹沢の一言で破られた。

「俺は下へ行って、あのでかいのを連れてくる。おまえは、坊主頭をトイレから引きずりだしてこい」

「ちょっと待ってください。僕、一人で行くんですか」

「当たり前だ。おまえ以外に誰が行くんだ？」

「そ、そんな無茶な」

「なにが無茶だ。ヤツの自由は奪ってある。おまえにもできるはずだ」

「でも……」

「いいか、犯人一味で残っているのは二人だけだ。二人なら、俺たちでも何とか渡り合える。

だが、あの二人を奪還されたら、もうおしまいだ。ぐずぐずしていると、ヤツらに先を越される」

鍵を白戸に向けて投げると、芹沢はさっさと階段を下りていってしまった。

「ちょっと、芹沢さん……」

返事はない。足音だけが響いてくる。白戸は半泣きになりながら、腰を上げた。芹沢が傍にいないというだけで、恐怖が突き上げてくる。気が狂いそうだ。階段の向こうでは、エレベーターが、いまだ扉の開閉をくり返している。

白戸はトイレの前に立った。芹沢と坊主頭の格闘場面がよみがえってくる。包丁を手にエレベーターから飛びだしてきた男。小柄でも力は強そうだった。

気力を何とか奮い立たせ、トイレに入った。小便器の上には、やはり黄色い手配書が貼ってある。そこに載っている人物と、実際に渡り合うことになろうとは。

正面の掃除用具入れ。震える手で鍵をさしこむ。

扉の異変に気づいたのは、そのときだった。ノブの回りに亀裂が走っている。回してみるが手応えはない。手前に引くとノブは扉からはずれてしまった。かすかに軋《きし》みながら開いていく扉。中に坊主頭の姿はなかった。

肩ごしに、気配を感じた。ふり返る間もなく、白戸の体はトイレの壁に叩きつけられる。目から火花が散り、息ができなくなった。坊主頭が腰のあたりに食らいついているのだ。

白戸は反射的に体を捻った。バランスを崩し、片膝をつく。腰に絡んだ腕の力が、かすかに弱まった。白戸は再度体を捻り、からみつく腕をふりほどいた。そのまま両手で相手の肩口を突く。相手の上体が持ち上がり、よろよろと後ずさった。そのわずかな隙に、白戸はトイレを転がり出た。

「待ちやがれ」

すぐ後ろで、わめき声が聞こえた。

「芹沢さん」

助けを求めた白戸であったが、襟首を摑まれ後ろに引き戻された。体が言うことをきかない。何もできないまま、廊下の壁に身を打ちつけていた。

「さっきはよくも……」

目の前に、坊主頭の怒りの形相が迫っていた。左手首には、芹沢の巻いた革紐が絡みついている。だが右手、両足は完全にフリーだ。結び方が弛かったのか、男は自分で結び目を解いてしまったらしい。

白戸はとっさに頭を抱えた。そのすぐ上を、拳が唸りを上げかすめていく。

——殺される。

頭の中には恐怖しかなかった。論理立った行動などできるものではない。薄く目を開けると、眼前には相手の腹があった。白戸は上体を起こし、左肩を腹にぶつけた。呻き声をあげ、坊主頭が転倒する。白戸は階段目指して走りだそうとした。階下に行けば、芹沢がいる。彼ならば……。

だが、足首を摑まれた。

「き、きさま……」

手を振り切るのと、相手が立ち上がるのとは、ほぼ同時であった。白戸は一目散に駆けだした。階段の手すりがもう目の前だ。あれに摑まれば……。

あと数センチというところで、またも襟首を捕まえられた。左足がすべり、あおむけに倒れこむ。すぐに男が馬乗りになってきた。両手を握り締め、高々とふり上げている。あれを食らったら、終わりだ。白戸は膝に力を集中し、相手の急所に叩きこんだ。

坊主頭の体が飛び上がり、階段を数段転げ落ちた。白戸は身を起こし、腹這いのまま前へと進む。階段側には逃げられない。残る場所はただ一つ。

目の前には、開閉をつづけているエレベーターの扉があった。白戸は扉を押さえているモップをはずし、中へと転がりこんだ。無我夢中で「閉」ボタンを押しつづける。坊主頭が階段を這い上がってきた。頭を左右に振りながら、肩で大きく息をしている。その距離、約五メートル。

坊主頭がわけの判らぬ叫びをあげ、白戸に向かってきた。ようやく扉が閉まり始める。白戸はなおも「閉」ボタンを何度も押しつづけた。押したからといって、扉の開閉速度が上がるわけではないのだが。

扉が閉まりきった瞬間、ゴンと鈍い音が響いた。扉に坊主頭が激突した音だ。

――間に合った。

白戸は、その場にへたりこんだ。エレベーターがゆっくりと下降していく。手には汚れたモップが一本。膝、腰、あちこちがズキズキと痛んだ。頭の中が真っ白になり、何も考えられない。

エレベーターの階数表示が、「2」を指していた。そして、「1」になる。チンと到着を知らせるチャイム。その瞬間、白戸は我に返った。

「あ……」

扉が開き始めた。目の前には、見慣れたカウンターがある。普通預金、定期預金に分かれた窓口。ガラスの向こうにはATMコーナー。

人質は、フロアーの左手奥、支店長席のある場所に集められていた。四十代から五十代の女性が十人。壁に並んで座らされている。

彼女たちをはさみこむようにして、二人の男が見えた。受話器を持ち、話をしている男が一人。短く刈り上げた髪を金色に染めている。一方、手前には猟銃を持った髭面の男がいた。

彼らの目は、エレベーターの中の白戸に釘づけとなっている。髭面の持つ猟銃がゆっくりと持ち上がり、銃口がこちらを向いた。

白戸は全身が痺れ、指一本動かすことができなかった。銃で狙われている。その恐怖は、今までのものとは比べものにならなかった。叫び声すら出ない。

「ダメーッ」

人質の女性の一人が、髭面に飛びかかった。銃口が天井を向く。女性は男の両手にしがみつき、大声で叫んでいた。

「逃げなさい」

その女性は、白戸に一万円を貸してくれたお客さまご案内係、森島であった。

「も、森島さん……」

銃声が轟いた。天井のライトが粉々になって砕け散る。それでも、彼女は手を離そうとしなかった。

「この野郎」

男は猟銃を取られまいと必死である。金髪も、その場を動けずにいる。暴発が怖くて近寄れないようだ。

エレベーターの扉が閉まり始めた。上昇を示す矢印型のランプが点灯している。誰かが、上でエレベーターを呼んでいるのだ。

白戸は立ち上がり、「開」ボタンを押そうとした。再び銃声が轟いた。閉まりかけの扉の隙間から、倒れこむ森島の姿が見えた。

銃が暴発したらしい。猟銃を抱えた髭面が、目を見開いたまま立ちつくしている。

そこまでだった。白戸の視界は扉によって閉ざされた。「開」ボタンを何度も押したが、手後れのようだ。エレベーターはかすかなモーター音とともに上昇を開始する。

白戸の頭は混乱していた。彼女が撃たれたのは、自分を守ろうとしたためだ。あのとき彼女が摑みかかってくれなかったら、白戸は撃たれていただろう。

エレベーターは四階で停止した。白戸はモップを構え、扉が開くのを待った。扉の先には何が待ち受けているか判らない。開くまでの数秒が無限に感じられる。

フロアーに立つ芹沢の顔が見えたとき、白戸は思わずしゃがみこんでしまった。

「芹沢さん……」

「無事だったか」

「あいつは？　坊主頭はどうしました」

「もう一発ぶん殴って、縛り上げておいた。それにしても、おまえ大丈夫か？　銃声が聞こえたんで、心配してたんだ」

「僕は大丈夫です。それより……」

白戸はズボンのポケットを探った。芹沢が眉を寄せ、きいてくる。

「何だ？　何があったのか説明しろ」

「人質の女性が、一人撃たれたんです」

白戸はくしゃくしゃになった一万円札を取りだし、芹沢に見せた。「僕にこれを貸してくれた女性が撃たれたんです。芹沢さん、彼女を助けてください」

5

トイレ洗浄液『ピカルック』の容器は、さきほどと同じところに転がっていた。最初の格闘で、食堂内はめちゃめちゃだった。テーブルはひっくり返り、脚の折れたイスがあちこちに倒れている。

そのまん中に、白ジャンパーと坊主頭が転がっていた。革紐とゴムホースでぐるぐる巻きにされ、タオルで猿ぐつわをされている。二人とも気を失っている。

「ダメだ」

窓際に腰を下ろし、芹沢は言った。「こちらから打って出ることはできん」

「どうしてですか」

白戸は声を張り上げた。さきほどから、同じ議論を延々とくり返している。「こうしている間にも、森島さんは……」

「撃たれたといっても、弾がかすっただけだろう。止血さえちゃんとしていれば、明日くらいまで……」

「止血してもらえなかったらどうなるんです。それに、明日なんてことがどうして言えるんですか？」

「明日になれば、警察だって何らかの手を打つかもしれん。とにかく、今夜はおとなしくしていろ」

芹沢は腕時計を見た。時刻は午前零時ちょうど。銀行に閉じこめられてから、九時間が経過しようとしていた。

「今さら何を言ってるんですか」

知らず知らずのうちに、声が上ずっていた。

「芹沢さんは、既に二人やっつけているんですよ」

「それとこれとは別だ。人質を無事救出するのは警察の仕事だ」

「そんな……」

芹沢は白戸に向き直った。

「いいか、一つはっきりさせておこう。俺がこいつらを倒したのは、別にこの事件を解決したいからじゃない。自分の身を守りたかっただけだ」

「でも、芹沢さんは僕を助けてくれました」

「目の前で殺されようとしているヤツを放っておけるか」

「それは、下にいる人質だって同じことでしょう」

「俺はおまえを助けてやったんだぞ。少しは恩義を感じてもらいたいものだな。あのときおまえを見殺しにしておけば、事件解決まで身を隠しておくこともできたんだ」

「身を隠す……？」

その一言が、白戸にはひっかかった。芹沢はどうして隠れることに固執するのだろう。どうして、脱出しようとはしないのだろう。

思えば、芹沢は一度も銀行から出る手段を講じてはいない。襲ってくる相手を倒し、ただ逃げ回っているだけだ。そして、いつも時間を気にしている……。

「芹沢さん」

「おまえが何と言おうと、下に行く気はない」

「何とかして、警察に連絡できませんか。犯人は残り二人だけだって伝えることができれば……」

「ダメだ」

「電話なら厨房にあります。それで一一〇番すれば」

「受話器を取ると通話ランプがつく。それを見られる可能性がある」

「携帯電話なら……」

「俺は持っていない。たとえ持っていたとしても、連絡する気はない」

「どうしてです？」

「どうしてもだ」

「そんな……」

白戸の言葉は、電話のベルによって中断された。厨房の柱に設置された、業務用の電話が鳴っているのだ。

「芹沢さん……」

「放っておけ」

白戸は初めて、芹沢の命令を無視した。厨房に駆けこむと、おもむろに受話器を取り上げた。

「やっと答えてくれたな」

抑揚のない、気怠い感じの声だった。「二人は無事か」

「無事です……いや、無事だ」

「おいおい、なんだか頼りない声だな。あの二人が、おまえみたいなのにやられたっていうのか？」

「森島さんは、大丈夫なんですか？」

「あん？」

「森島さんです。あなたの仲間に撃たれた」

「ああ、あいつならまだ生きてる」

「その人だけでも、解放してあげてください。お願いします」

「お願いしますはないだろう。少しは自分の立場を考えたらどうだ？」

相手はからからと声をあげて笑った。今の状況を楽しんでいるとしか思えない。「おっと、今は無駄話をしているときじゃない。こちらの要求を言うぞ。二人を解放しろ。二人を下におろせば、おまえたちに危害は加えない。俺たちの目的は、ここを全員揃って脱出することだ。いいか、ここが肝心なところだ。全員揃って脱出する。一人欠けてもダメなんだ。俺たな」

ちはチームだからな」

背後に気配を感じたかと思うと、受話器をもぎ取られた。芹沢だった。

「おまえの言うことが信用できるか。二人は返さん」

受話器の向こうで、また笑い声があがった。

「本命のお出ましか。やっぱり二人いたんだな」

「そっちも、残りは二人のはずだ。五分と五分だな」

「おまえ、ずいぶんと詳しいじゃないか。ははあ、食堂かどこかのテレビを見ていたんだな」

小型テレビを持っていたとは、さすがに考えつかないだろう。

「ご明察だ。おまえたちの状況は判っているんだ。俺たち相手にまごまごしていると、警察に突入されるぞ」

「ふん、余計なお世話だ。おや、外線に電話がかかってきたようだ。警察が交渉用にホットラインを引いていてな。まあ、もう少し待たせておこう。おまえには、まだ重要な用件を伝えていない」

「何だ？」

「三十分以内に二人を返せ。さもなければ、人質を一人殺す」

「待て、待ってくれ」

芹沢の額には汗が光っている。「頼む聞いてくれ。俺たちは、別にあんたの邪魔をしたいわけじゃないんだ」

「何だと？」

「せめて、昼まで待ってくれないか。昼になったら、二人を返す」

白戸は我が耳を疑った。芹沢の言っていることは、とても正気とは思えない。電話の相手も、同じように感じたようだった。

「おまえ、頭がどうかしちまったんじゃないか。昼まで待ってくれ？　バカ言ってんじゃねえ」

電話は一方的に切れた。

「くそっ」

受話器を叩きつけるようにして置き、芹沢は白戸をにらみつけた。「おまえのせいだ」

「え？」

「この状況で相手と話をするなんて、愚の骨頂だ。おかげで交渉の糸口を与えてしまった」

「でも……」

「おまえの行動が、人質を危険にさらしているんだぞ」

「なら、返してやりましょうよ。そうすればヤツらだって……」

「そんなことをしたら、俺たちは終わりだ。態勢を立て直したとたん、俺たちを始末しようとするだろうな。猟銃で武装されたら、抵抗のしようもない」

白戸はめまいを感じた。いったいどうして、こんなことになってしまったのか。生活費の一万円を、ただ引きだしにきただけなのに。

「じゃあ、いったいどうすれば……」

カタンとかすかな音がした。芹沢の顔が緊張する。人さし指を立て、喋るなと合図を送ってきた。

音の出所は、階下のようだ。芹沢が音もなく、するりと動いた。いつの間に取りだしたのか、手にはサラダ油の容器が握られている。流しの前に移動すると、今度は食器洗い用のスポンジを手に取った。サラダ油を少量、スポンジにしみこませる。つづいて左奥の棚に置かれている電子レンジの前に進んだ。油のしみこんだスポンジを中に入れ、タイマーを二分にセットする。

「ちょっと、芹沢さん……」

「券売機の陰に隠れていろ」

そう言う間も芹沢の手は動いている。レンジのスタートボタンを押し、今度は流しの水道の蛇口を目いっぱい開いた。水の音がフロアー中に響きわたる。

「早く」

芹沢に腕を摑まれ、白戸は券売機の後ろへと引きずっていかれた。芹沢がしゃがみこんだちょうどそのとき、階段を上がってくる人影が見えた。腰だめに猟銃を構え、一歩一歩、慎重に上がってくる。二階で白戸に銃口を向けた髭面の男だ。年齢は五十くらいか、頭に白いものが交じっている。額にじっとりと汗をかき、落ち着きなく左右に目を走らせる。

白戸は息を殺したまま、迫りくる影を見つめていた。髭面の注意は、だしっぱなしの水道に向けられている。券売機の方を見ようともしない。すぐ横にいた芹沢が、体を横に移動した。

水音に交じって、何かがボンと音を立てた。電子レンジ内のスポンジだ。音に合わせ、髭面の体が反応する。白戸との距離は一メートル足らず。その気配を明瞭に感じる。

電子レンジをスタートさせて一分。髭面は、厨房手前の柱に身を寄せたまま動かない。警戒しているのだろう。

ボン。スポンジのはぜる音は、ますます大きくなる。男が動いた。陰から飛びだすと、猟銃を構えたまま厨房内に入った。チンと電子レンジが止まる。芹沢が身を起こした。カウンター一つをはさみ、髭面と向かい合う。芹沢の手には、銀色の丸いトレイ。電子レンジに気を取られていた髭面は一瞬、反応が遅れた。彼は自分めがけて飛んでくる銀色の円盤を啞然としたまま見つめていた。

トレイは彼の眉間に命中した。芹沢はその隙にカウンターを乗り越え、男に組みつく。猟銃の銃口が上下に揺れる。いつ暴発するか判らない。白戸は頭を抱え、券売機の脇にうずくまっていた。

戦いは圧倒的に芹沢有利だった。トレイの一撃で、相手の意識は朦朧《もうろう》としているようだ。それでも猟銃にしがみついているのは、まさに執念としか言いようがない。銃身を摑んだまま、低い唸り声をあげる髭面。この抵抗には、さすがの芹沢も驚いたようである。

狭い厨房の中で、格闘が始まった。棚の鍋や皿が音を立てて落ちる。

髭面は、何とか銃口を芹沢に向けようとする。銃身を摑んだ芹沢は、それを必死に押し戻す。両者の力はほぼ拮抗《きっこう》しており、勝負がつく気配はない。髭面が満身の力をこめ、一歩前に踏み出した。その機会を、芹沢は待っていたようだ。猟銃を捻り、相手のバランスを崩した。力が弛んだところを利用し、そのまま銃身を顎にぶつける。

「うげっ」

髭面が後ろにはじけ飛び、電子レンジに後頭部をぶつけた。すかさず芹沢が、肘打ちを叩きこむ。髭面は床に突っ伏したまま、動かなくなった。気絶していることを確かめるため、芹沢が屈みこむ。

そのとき、芹沢の尻ポケットから、銀色に光る何かがこぼれ落ちた。芹沢自身は気づいていない。券売機の陰から這いだした白戸は、床に落ちた銀色の物を拾い上げた。それは最新型の携帯電話であった。

「おい、白戸」

芹沢が後ろをふり向いた。格闘の最中についたのであろう、顎の周りが埃で黒く汚れている。髪はいよいよ乱れ、目に宿る光も攻撃的なものになっていた。

白戸の記憶がよみがえった。かつてどこかで見た、芹沢の顔。小便器の上に貼ってあった指名手配犯だ。連続強盗犯四人の顔の上に、殺人犯として載っていた顔。

「あんたは、杉田孝三……」

6

気絶した髭面を坊主頭たちと並べながら、芹沢は小さくため息をついた。

「その名前で呼ぶな。俺は芹沢、ただの清掃員だ」

左腕の腕章をぽんと叩く。白戸は思わず後ずさった。犯人一味四人のうち三人を倒し、白戸の危機を救ってくれた男。その彼が、逃亡中の殺人犯だったなんて。

そんな白戸を尻目に、芹沢は腕時計を見る。

「午前一時……くそっ」

「せ、芹沢さん……」

芹沢の目が、白戸の手にある携帯電話に向けられた。

「そいつを貸せ」

慌てて手をひっこめる。

「ダメです。これで、警察に連絡します」

「バカ、やめろ」

「残るは一人です。このことを知らせれば、警察も早急に手を打って……」

「そんなことをしても無駄だ。人質がいるのに、警察が無理をするはずがない」

「あと二十分足らずで、人質が一人殺されるんです。それに、怪我をした森島さんもいる」

「三十分と時間を区切ったのは、ヤツらのフェイクだ。俺たちを油断させるためのな。三十分と言えば、それまでの間は襲ってこないと考える。その裏を突いたんだよ。髭面を使って、俺たちを始末しようとしたのさ」

「だからって、このまま何もしないでいるなんて……」

「ダメだ。ここにいるんだ。あと少し、あと少しでいいんだ」

芹沢の口調が変わった。懇願するかのように、白戸に向かって頭を下げる。

「頼む」

「なぜです？　なぜそんなにも、時間にこだわるんです？」

「おまえ、まだ判らないのか？」

「は？」

「おまえ、俺の手配書を見たんだろう。俺がいつ人を殺したのか、書いてあったと思うが」

白戸は記憶を手繰《たぐ》る。

「手配中としか書かれていなかったと……」

「俺が人を殺したのはな、今から十五年前だ」

十五年前、白戸は八歳だった。そんなころから、芹沢はひたすら逃げ回っていたというのか。

「おまえには想像もできんかもしれん。だがとにかく、俺は十五年、捕まらずに逃げてきた。

そして、今日が時効の日なんだよ」

「あ……」

芹沢がどうして時間を気にするのか、どうして警察と連絡を取りたがらないのか。そのすべてがようやく理解できた。

芹沢は犯人一味を倒しながらも、この事件が解決して欲しくなかったのだ。

「判ってくれたか?」

芹沢こと杉田孝三の犯した罪。それはあと二十三時間足らずで、消滅する。

芹沢は窓際へと歩み寄り、ブラインド越しに外を眺めていた。

「外はおまわりでいっぱいだ」

その顔には笑みが浮かんでいた。「今こいつらが逮捕されれば、当然、俺たちも取り調べを受ける。俺の身許や住居も確認されるだろう。偽の住民票を持ち、偽名を使って暮らしていることも、すべてバレちまう」

警察にとっては、十五年の月日など問題ではないだろう。全力を挙げて、彼の正体を暴いてしまうに違いない。

「俺はその場で逮捕されるだろう」

「でも、今はまだ午前一時ですよ。一日は始まったばかり……」

「今日一日逃げ回る必要はない。問題は起訴なんだ。起訴されない限り、時効は成立する」

芹沢は腕時計をはずし、文字盤を白戸に見せた。

「俺を逮捕したら、検察は総力を挙げて起訴のための手続きをするだろう。手続きに要する時間は十二時間から二十四時間ってところか」

腕時計の針は、午前一時四十五分をさしていた。芹沢の声に力がこもる。

「今日の正午まででいいんだ。それまで、犯人どもにはねばってもらいたいんだ。正午を過ぎれば、俺は何としてでもヤツらを倒す。人質も解放させる」

「そんな……」

「こうなった以上、俺はここから出るわけにはいかないんだ。俺にとってここは、唯一のセイフティゾーンなんだよ」

「人質はどうなるんです。あの人たちの命がかかっているんですよ。ここは安全地帯なんかじゃありません」

あと十分。一階にいる金髪が本気ならば、あと十分で人質一人が殺される。白戸は携帯電話の通話ボタンを押そうとした。

「やめろ」

芹沢の手が、携帯を叩き落とす。手首に鈍い痛みが残った。携帯は床をすべり、階段を転げ落ちていく。白戸は階段めがけて駆けだした。芹沢のタックルをかろうじてすり抜け、踊り場に転がる携帯めがけて飛びついた。

携帯の液晶画面は粉々に砕け散っていた。通話ボタンを押しても、何の反応もない。白戸は顔を上げた。階段の上には、芹沢が仁王立ちとなっていた。

「厨房の電話を、使わせてください」

「ダメだ」

「それなら、せめて交渉してください。人質を殺さないように、怪我してる森島さんを解放するように」

「ダメだ。ヤツと話をすることは、状況を悪化させるだけだ」

「それなら、僕一人で下におります。何とか森島さんだけでも、解放してもらえるように」

「銃を持った男の前に、丸腰で立ち向かうっていうのか。それでなくても、ヤツは気が立っている。無事では済まないぞ」

「そんなことは、判ってます」

「たかが一万円のために、そこまですることはないだろう」

厨房の電話が鳴った。芹沢の注意が一瞬、背後に向けられる。その隙に、白戸は階段を一気に駆け下りた。

7

「そろそろくるころだと思っていた」

金髪はカウンターに腰を下ろし、銃口を白戸に向けていた。目が充血し、顔色も悪い。手配写真ほどの迫力は感じられなかった。彼もまた疲労しているのだ。

白戸は両手を上げ、階段の下り口に立っていた。五メートルほど先の壁際には、人質の女性たちが座っている。そのすぐ横には、待合室のソファが持ちこまれ、足を撃たれた森島が寝かされていた。足には止血のためだろう、包帯が幾重にも巻かれている。一応、手当てはしてもらえたようだ。しかし、顔色は真っ青で、呼吸も荒い。玉のような汗が頬を伝っているのが、白戸のところからも見えた。

「おまえらは、どんな魔法を使ったんだ？」

銃口を下げながら、金髪が言った。「上に行った仲間が、一人も戻ってこない」

カウンターに置かれた電話が鳴った。男は苦笑する。

「こいつがホットラインってやつだ。人質を返せだの、うるさく言ってきやがる」

警察が交渉用に開いた回線のようだ。だが、一向に出る気配はない。白戸に銃口を向けたまま、ひょいとカウンターから飛び下りた。

「警察は無能さ。食事を差し入れようだとか、くだらんことばかり言ってくる」

「逃げ切れると思っているんですか？」

「さあな。絶対確実なことなんて、この世にはあり得ない。今の俺たちを見てもらえば、よく判るだろう」

金髪は部屋奥にある支店長席と思しきデスクに歩み寄った。常にフロアー全体が見渡せる位置に身を置いているのだ。

「俺一人であれば、何とか逃げられるかもしれんな。この銀行は隣のビルと密接している。

地下には駐車場もある。警官の目をごまかすくらいは簡単にできるだろう。だが、あいつら三人を置いていくつもりはない」

黒い銃口を向けられ、白戸は声一つ立てられない。フロアーの中に、電話の呼びだし音だけが響いていた。白戸の焦りは頂点に達していた。これでは、何のために下りてきたのか、判らない。そんな白戸をあざ笑うかのように、金髪は口許を弛めて言った。

「おまえから、上にいるヤツに電話しろ。三人を解放しろと言うんだ」

「僕がですか……?」

「そうだ。すぐに三人を解放するように言うんだ。しっかり頼めよ。かかっているのは、おまえの命だからな」

金髪が銃を構え直す。本気であることは、その目を見れば判った。

しかし、白戸がいくら頼んだところで、芹沢がうんと言うはずがない。時効というゴールラインが、もう目の前に迫っているのだから。

白戸は、壁に取りつけてある時計に目をやった。午前二時。芹沢の言うタイムリミットまであと十時間。もはや絶望的だ。

それでも、あきらめるわけにはいかない。森島だけは何としても助けなくては。ソファに横たわる森島が、小さな呻き声をだした。紫色になった唇を嚙み締め、肩で大きく息をしている。

「電話をする前に、一つお願いがあります。この人だけでも、解放してもらえませんか」

「ダメだ」

「下手すると死んでしまうかも……」

「人のことより、自分のことを心配しろ。早く、電話を……」

チン。白戸の斜め後方で音がした。エレベーターの到着を知らせるチャイム。ふり向いた白戸の目の前で、扉が開いていく。

「まさか……」

箱の中を見て、白戸は絶句した。芹沢に倒された三人が、縛られたまま床に転がっている。全員気絶したまま、ぴくりとも動かない。

金髪の行動は素早かった。白戸の脇をすり抜け、エレベーターへと駆け寄る。

「おまえら……」

顔を確認しながら、全員の脈を確かめていった。だがその間も、白戸たちから目を離さない。銃口を下げてはいるものの、おかしな動きをすれば、すぐに発砲できる構えである。その距離は二メートル足らず。身動き一つできない。

突然、金髪が白戸の手首を握った。一気に引き寄せられ、背中に銃口を押しつけられる。

「な、何をするんですか?」

「おまえの相棒にきいてみるんだな」

引き立てられるようにして、階段の前へと出る。

「エレベーターに注意を向けさせ、その間に背後を取る。狙いとしては悪くなかったな」

階段の中ほどには、銃を構えた芹沢がいた。

「芹沢さん……」

凍りつくような冷たい目で、二人を見下ろす芹沢。白戸の首に腕をからませながら、金髪が叫んだ。

「銃を捨てろ。こいつが死ぬぞ」

全身から血の気が引いていく。半ば麻痺していた恐怖心が、にわかによみがえってきた。白戸をはさみ、二つの銃が向き合っているのだ。どちらかが発砲すれば、まず命はない。

先に動いたのは、芹沢だった。銃口をゆっくりと下げ、引き金から指を離す。

「思っていた以上に機転がきくな」

「銃を置け。ゆっくりとだ」

芹沢は言われた通りに行動する。銃を置く音が、フロアーに響いた。

「よし、手を頭の上で組め」

男の荒い息が、白戸の顔に吹きかかる。目の前には丸腰の芹沢。万事休すだ。

「こっちにこい。手を組んだまま、壁の前に立て」

金髪は慎重だった。白戸を捕らえる力はまったく弛めていない。芹沢と一定の距離を保ちつつ、その動きを監視している。

芹沢が階段を下り切ったところで、金髪が言った。

「人質にするには、危険すぎる」

白戸の背中から銃の感触が消えた。「悪いが死んでもらうぞ」

銃口は芹沢を捉えている。二メートル足らずの距離。はずれることはあり得ない。芹沢が口を開いたのは、そのときだった。

「どうして、こんなことをする」

「何だと？」

「銀行を連続して襲うなんて、リスクが大きすぎる。いったい、何が目的なんだ？」

「うるせえ。おまえには関係のないことだ」

「おまえらが奪った金は一億だ。山分けしてもけっこうな額になる。なのに、どうして、まだこんな真似をつづける？」

つきだされた銃身が、かすかにブレた。金髪の呼吸はさらに荒くなる。

「そんなことを聞いて、どうするつもりだ？」

「いや、単なる好奇心さ。おまえらは、捕まった仲間を助けだすために懸命だった。周りを完全に囲まれているにもかかわらずだ。仲間の一人くらい見捨てて、脱出方法を考えるべきなのにな。そのわけが知りたいだけだ……」

白戸を締めつける金髪の腕が、少し弛んだ。銃身のブレがますます大きくなる。

「俺たちは、同じ会社で働いていた。会社は潰れ、俺たちの面倒をみてくれた社長は首をくくった。銀行が突然融資を打ち切ったせいだ。それが理由だ。判ったか？」

芹沢の眉がぴくりと動く。

「なるほど。これは、復讐か」

「そういうことだ。これ以上、俺たちの邪魔はさせねえ」

銃身が、白戸の肩に押しつけられた。そのせいで、ブレがぴたりと止まる。白戸は目を閉じた。

「片手で撃てるのか？」

芹沢の声が聞こえた。

「何？」

「その姿勢で撃てば、反動でバランスを崩す。はずすかもしれんぞ」

「この距離だ。そんな心配はない」

「どうかな」

芹沢の顔に、不気味な笑みが浮かぶ。「一発で決めろよ。はずしたら、今度は俺の番だ」

引き金にかかろうとしていた指の動きが、止まった。芹沢は両手を頭上で組んだまま、白戸の目を見ている。

鳴りつづけていた電話のベルが、ぴたりと止まった。それをきっかけとして、何かが動いた。張り詰めていた緊張の糸が、プツリと断ち切られた瞬間だった。

動いたのは金髪だった。白戸の首にかけていた手を解き、思いきり背中を突き飛ばしたのだ。体の重心を落とし、銃を構え直す。

芹沢はその場を一歩も動いていなかった。だが、右手にはいつの間にかトイレ洗浄スプレー『トイレマジッカー』の容器が握られている。コックを押すと霧状の液が吹きだすタイプのものだ。

芹沢は軽く人さし指を動かし、洗浄液を噴射する。

「うわっ」

洗浄液が金髪の顔に吹きかかる。目に入ったらしく、左手で両目を押さえた。

芹沢が銃を叩き落とし、頭突きを見舞った。白目をむいて崩れ落ちる金髪。芹沢は自分のベルトをはずし、後ろ手に縛り上げる。

芹沢が姿を現わしてから、三分とたっていない。あっという間の逆転劇だった。

金髪の持っていた猟銃は、白戸の足許に転がっている。その少し先には、芹沢の窮地を救った『トイレマジッカー』の容器。だが、芹沢はいったいどこから容器をだしてきたのだろう。白戸は容器を拾い上げた。一見したところ、何の仕掛けもないように見える。

そんな白戸に気づいたのか、芹沢が近づいてきた。

「タネはこれさ」

くるりと後ろを向く。背中の襟下の部分に、ガムテープが貼られていた。マジッカーの容器は、背中にとめられていたのだ。

「あいつの出方くらい、簡単に読めるさ」

芹沢は猟銃二挺を脇に抱えると、人質たちが寄り添う支店長デスクの方へと歩いていった。

森島の状態は、良くも悪くもなっていなかった。出血は止まっているものの、呼吸は苦しげだ。芹沢が、傷口に巻かれた包帯を取る。

「命に別状はないだろう。それでも、早く医者に見せた方がいい」

だが、壁際に並んだ女性たちは、返事もしない。状況がまったく飲みこめていないのだ。ポカンと口を半開きにしたまま、芹沢を見上げている。

「やれやれ。ありがとうの一言でも言ってもらいたいな」

苦笑しながら、寝ている森島を抱え起こした。彼女は完全に意識を失っているらしく、呻き声一つもらさない。芹沢はそのまま、正面入り口に向かって歩きだした。

「芹沢さん」

白戸は慌てて呼び止めた。このまま彼を行かせることはできない。時刻は午前二時半。今出ていけば、間違いなく逮捕、起訴されてしまう。

「僕が行きます。芹沢さんは中にいてください。脱出する方法がどこかにあるはずです」

「周りは完全に囲まれている。下手な小細工は通用しないさ」

「すみません。僕を助けたために、こんなことになって……」

芹沢は森島を抱えたまま、白戸に向き直った。

「気にするな。後悔はしていない」

「でも……」

「十五年前、俺は男を殺した。暴力団員だ。そいつは泥酔して、街中を車で飛ばしていた。信号無視をくり返した挙げ句、四人の人間を撥ねた。そのうち二人が死んだ。俺の女房と七歳になる子供だった。暴力団員は車を捨て、その場から姿をくらました。俺はそいつを一人で捜しだし、家族の仇を討ったんだ。それ以来、警察と暴力団の両方から追われてきた」

芹沢の顔つきが、徐々に穏やかなものへと変わっていく。

「死んだ子供は、男の子だった。生きていれば、ちょうどおまえくらいだ」

「芹沢さん……」

「十五年はさすがに長かったよ。俺を追いかけていた暴力団は、五年前に解散しちまったしな。だが、ヤツらだけは別だ」

芹沢は窓の外を見る。銀行を包囲する警察。彼らは絶対に事件を忘れない。時効を迎えるその日、そのときまで、犯人を追いつづける。

「やっぱり、芹沢さんはここにいてください。森島さんは僕が連れて行きます」

「バカ。そんなことしたら、おまえも逮捕されるぞ。俺はまだ、殺人犯なんだ」

「でも、いま出ていったら……」

『中の犯人に告ぐ、こちら警察だ』

耳障りな怒鳴り声が、外から聞こえてきた。拡声器のボリュームを目いっぱいあげているらしい。

『我々は君たちの要求を受け入れる。逃走用の車、食料も用意した。どうか、人質を解放してくれ。頼む。私が代わりに人質になろう』

芹沢が薄笑いを浮かべ、言った。

「俺はまだあきらめたわけじゃない。この十五年で、ヤツらもずいぶんと間抜けになった。逃げるチャンスはまだ残っている」

「何ですって？」

芹沢はシャッターの開閉ボタンを押した。

「このおばさんを利用させてもらう。運がよければ、またどこかで会おう」

ギリギリと音を立て、シャッターが開いていく。その下をくぐり抜け、芹沢は表に出た。

「怪我人だ、怪我人がいる。誰か救急車を呼んでくれ」

投光器に照らしだされ、外は昼間のように明るかった。光の輪の中に、芹沢の背中が消えていく。

――終わった。

そう思ったとたん、全身から力が抜けていった。白戸はめまいを感じ、カウンターに手をついた。

――あれ？

体の節々が痛い。吐き気も感じる。壁に並ぶ女性たちの顔が、ぼやけ始めた。足許にぽっかりと穴があいたようだ。

白戸はそのまま、意識を失った。

8

「一人暮らしだからって、食生活にはもっと気を使わなくてはダメ」

切れ長の目をした看護師が、冷たい口調で言い放った。白戸はベッドの上で小さくなっている。

「あなたが大変な目に遭ったのは確かだけど、栄養状態がちゃんとしていれば、こんなひどいことにはならなかったんだから」

白戸が病院のベッドで目を覚ましたのは、事件から一日後のことだった。意識が朦朧としており、気分も悪かった。このまま死んでしまうのではないか。主治医がやってきて、病名を告げるまで、白戸は本気で怯えていた。

厳かな顔をした主治医は、重々しい口調で告げた。

「栄養失調だね」

栄養の欠乏と運動の不足。そこに、あの事件だ。猛烈なストレスと急激な運動。体に受けた傷もある。それらが重なりあい、一種のショック状態を起こしたらしい。

医者は二日間の絶対安静を言い渡すと、苦笑いを浮かべながら病室を出ていった。

病室にはテレビを含め、暇潰しになるようなものは何ひとつ置いていなかった。白戸は看護師たちの冷笑に耐えながら、ただ横になっているしかなかったのだ。

「あの、一つきいてもいいですか？」

体温計をチェックしている看護師に、白戸は尋ねた。

「何？」

「事件は、その後どうなったんですか？」

「ごめんなさい。何も言ってはいけないことになってるの」

「え？」

「あなたが回復したら、警察の取り調べを受けることになるわ。それまで、事件のことについては、極力何も知らせるなって言われてて」

「警察ですか……」

考えてみれば、当然のことだ。白戸は重要な目撃者だ。銀行内で何が起こったのか、警察は徹底的に調べあげたいのだろう。

それにしても、気になるのは芹沢のことだ。彼はあの後どうなったのだろう。森島を利用して逃げると言っていたが……。

白戸は尿意をもよおし、ベッドの上に起き上がった。看護師の姿はもうない。少々ふらつくが、何とか一人で行けるだろう。

白戸は病室を出た。トイレはすぐ隣にある。だが、扉の前には黄色い柵が置かれていた。

『清掃中』

嫌な記憶を振り払いつつ、目の前の階段を下りる。トイレはすぐ下にもあるはずだ。

歩きながらも、思い浮かぶのは芹沢のことばかりだ。あの後、芹沢はどうなったのだろう。殺人の罪で逮捕され、留置場にでも入れられているのだろうか。

救急車を呼べと叫びながら、銀行から出て行った芹沢。解放された人質のふりをして、その場を逃げだすつもりだったのか。もしくは、森島を介抱するふりをして、救急車とともに姿をくらますつもりだったのかもしれない。

白戸は首を振った。混乱した現場とはいえ、そんなことができるはずもない。もし可能であったとしても、成功の確率は万に一つだ。

白戸は、ようやくトイレにたどりついた。幸い、清掃業者はきていない。そのまま、小便器の前へと進んでいく。

「あれ？」

小便器の上の壁に、紙が貼りつけてあった。

『重要指名手配犯・この顔にピンときたら一一〇番』

銀行のトイレで見たものと同じだ。だが、窃盗犯田中義人を除く全員の写真に、赤い縁取りのついたシールが貼ってある。

白戸は顔を近づけた。下段に並ぶ四人の写真には「逮捕・御協力ありがとうございました」の文字が書かれていた。

その上、田中の写真の横には、杉田の名前と芹沢の顔がある。そこにも、シールは貼られていた。白戸は息を止め、それを見た。

「時効」

シールにはそう書かれていた。

トラブルシューター

1

買ったばかりの携帯電話が鳴り始めたのは、新宿にある大型電器店を出た直後のことだった。白戸修《しらとおさむ》はコートのポケットから、慌てて携帯を取りだす。

液晶画面には、着信を知らせる文字と電話番号。もちろん、見たこともない番号だ。うるさく鳴りつづける携帯を手に、白戸は首を傾げた。

どうして、いま買ったばかりの携帯に電話がかかってくるのだ？　番号は、自分以外知らないはずなのに。

まだ何の設定もしていないため、着信はピーピーという耳障りな電子音である。道行く人が、ちらちらと白戸の方に視線を送ってくる。

白戸は立ち止まり、手のひらに納まった携帯を見つめた。説明書も読んでいないため、使い方が判らない。その間も、着信音は盛大に鳴りつづける。

「まいったな……」

このまま無視してしまおうかとも考えた。どうせ間違い電話に決まっているのだ。しかし、着信音は一向にやむ気配がない。

仕方なく白戸は、通話ボタンと思しきものを押した。電子音が止まり、その代わりに野太い怒鳴り声が響きわたった。

「藤井《ふじい》か？　すぐきてくれ。ターゲットに問題発生だ。応援頼む。場所は中野駅北口。すぐにきてくれ。改札脇にある時刻表の前にいる」

それだけ言うと、電話は切れた。

――何なんだよ……。

携帯を見つめたまま、白戸はゆっくりと歩きだした。切迫した男の声が、まだ耳の中に残っている。

電話の主は、藤井とかいう人物と至急連絡を取りたがっていた。何か緊急事態が生じたらしい。だがかける番号を間違え、偶然、白戸の電話にかかってしまったようだ。

何となく気になって、白戸は返信してみることにした。相手の番号は判っているから、ボタン一つでかけ直すことができる。だが、聞こえてきたのは、話し中を報せる音だった。相手が連絡をつけたがっているのは、「藤井」という人物以外にもいるらしい。

――さて、どうしたものか。

駅方向に向かいながらも、白戸は迷っていた。このまま放っておいても、別に問題はないはずだ。待ち合わせ場所に相手が現われなければ、またかけ直すなりするだろう。

だが、何となく気持ちが落ち着かない。自分がこの間違い電話を黙殺したために、何か大変なことが起きるのではないか。

アルタ前の人ごみをかき分け、地下通路へと下りる。ＪＲ新宿駅の改札はもう目の前だ。男は集合場所を中野駅北口と言った。中央線に乗れば、駅一つ分の距離。大して時間はかからない。今から行って、間違いを報せてやるくらいはできる。

——だが……。

改札へと向かう白戸の足が止まった。頭の片隅で警告音が鳴っている。中野駅。白戸にとって、二度と近づきたくない場所である。この駅にのこのこ出かけて行ったために、何度ひどい目に遭ってきたことか。

スリとの追いかけっこを始めとするドタバタ劇のおかげで、二月、三月の予定がすっかり狂ってしまった。就職を目前に控えているというのに、まだ何の準備もできていない。

間違い電話を報せるために、鬼門である中野駅へ出向くのは、いくらなんでも人が好《よ》すぎる。

「よし」

電話は無視しよう。悪いのは番号を間違えた先方だ。気にする必要はない。

心の中で何度もくり返す。だが、足は自然と中央線のホームへと向かっている。のんびり歩いている家族連れの横をすり抜けたところで、駅のアナウンスが聞こえてきた。

「中野方面、高尾行き快速、間もなく到着です」

白戸は階段を駆け上がった。

2

北口改札はあいかわらずの混雑ぶりだった。待ち合わせをする者、バスロータリーへと急ぐ者。

壁に取りつけられた時刻表は、北口改札を出てすぐ右側にある。白戸はそれとなく様子をうかがった。

若い男女が二人、並んで立っていた。女は顔色が悪く、やつれて見えた。ベージュのロングコートをかき合わせるようにして着こみ、不安そうな眼差しで、道行く人に目をやっている。

彼女の視野を半ばふさぐように、長身瘦軀の男が立っていた。黒のスラックスにえんじ色のシャツ。上に黒のジャケットをはおっていた。髪は短く刈られ、口には火のついていない煙草。薄い色のサングラスの奥で、鋭い目が光っている。

白戸はゆっくりと近づいていった。

「あ、あのぅ……」

男の右横に立ち、小さく呼びかけてみる。そのとたん、女がひっと息を呑んだ。目を大きく見開き、体の前で両手をきつく握り締めている。

すぐに男が割りこんできた。煙草を地面に投げ捨て、白戸の前に仁王立ちとなる。

「い、いきなりすみません」

「何か用か？」

低いがよく通る声。電話の主に間違いない。頭一つ分大きい男を、白戸は見上げた。

「さっき、携帯に電話しませんでした？」

太い眉がぴくりと動いた。白戸はつづける。「この場所にすぐきてくれって、電話しませんでしたか？　あれ、僕の携帯にかかってきたんです」

「何？」

「番号を間違えたんだと思います。僕の携帯、さっき買ったばかりで……」

白戸の言葉を最後まで聞かず、男は自分の携帯を取りだした。サングラスごしに白戸を見ながら、ボタンを押す。まもなく、白戸の携帯が鳴り始めた。どうやらリダイヤル機能を使って確認したらしい。白戸は携帯を切り、言った。

「緊急事態っておっしゃってたから、何となく気になって……」

男は再び携帯のボタンを押していた。白戸の話を聞いているのかいないのか。

「もしもし、藤井か？　俺だ」

口許を手で覆いながら、男が言う。「おまえ、今どこにいる。緊急事態なんだ」

男は、正しい番号にかけ直したらしい。いま話している相手こそが、本来連絡したかった相手なのだろう。

「仙台？　おまえ、どうしてそんなところにいる？」

その場を離れるタイミングを逸し、白戸は男の声に耳を傾けることになった。

「一人病気で倒れたんだ。俺だけでは仕事にならん。おまえに手伝ってもらおうと……。尾行調査で仙台……？　ああ、判ってる。どのみち、今からじゃ間に合わんからな。何とかする」

男は舌打ちをして、電話を切った。そして、壁にもたれたままの女性に目を移す。もはや白戸の存在など忘れてしまったかのようだ。

白戸はしばし逡巡《しゅんじゅん》した後、そのまま場を離れることにした。とりあえず、目的は達したのだ。後は適当に処理してもらうほかない。

白戸が改札に向け数歩進んだとき、男の声が追いかけてきた。

「おい、おまえ」

白戸は足を止め、ふり向いた。

「僕ですか？」

「この際だ。おまえで構わん」

「はあ？」

「詳しい説明は後だ。とにかく、少しつきあってくれ。むろん、金は払う」

それだけ言うと、男は壁際にたたずむ女性の方を向いた。

「いえ、僕はここで……」

金という言葉を頭からふり払い、白戸はその場を離れようとした。どう見ても曰くありげな二人。これ以上かかわると、またどんなことに巻きこまれるか。

壁際の女性と目が合ったのは、そのときだった。何かを訴えかける哀しい目。改札に向かおうとしていた白戸の足は、その場で動かなくなってしまった。

「行くぞ」

男の声で我に返る。

――まいったな。

女性の視線をふり切る勇気が、白戸にはなかった。

3

中野サンプラザの前を通り、早稲田通りへ。先に立った男は、ゆっくりとした足取りで進んでいく。男と白戸の間には、うつむいたままおぼつかない足取りで歩く女性。

男は早稲田通りを渡り、左に曲がった。野方方面へと向かうつもりのようだ。女性は何も言わず、ただ従っていく。

この二人の関係はいったい何なんだろう？

白戸は首を傾げる。恋人同士か？　それにしては妙によそよそしい。第一、女性はひどく憔悴している様子だ。肩まで伸ばした髪は乱れており、服装もどこかちぐはぐだ。着の身着のまま家を飛びだしてきた、そんな感じである。家出でもしてきたのだろうか。

家出して駅前で右往左往しているところを、質《たち》の悪いヤクザに捕まった。あり得ないことではない。

白戸はにわかに緊張した。これは、一種の誘拐ではないのか。

通りをはさんだ左手に、野方警察署が見えてきた。表玄関には制服警官が一人、警丈を持って立っている。

――駆けこむべきか。

白戸は考えた。だが車の往来の激しい通りを突っ切るのは至難の業だ。下手をすると、女性の身に危険が及ぶかもしれない。

そのとき、前方の信号が赤に変わった。車の往来が止まる。

――今だ！

心を決め、足を踏みだそうとしたとき、男が右に曲がった。左右の足がもつれ、白戸はつんのめるようにして、ひっくり返る。

「うひゃあ」

男が足を止め、ちらりと後ろをふり向いた。だが表情一つ変えず、また歩きだす。女はその場に立ち止まったままだ。二人とも助けにくるつもりはないらしい。自力で立ち上がろうとした白戸は、右足首に鋭い痛みを感じ、顔をしかめた。倒れた拍子に捻ったらしい。

歩道の手すりを掴み、顔を歪めている白戸に、女が近づいてきた。

「大丈夫……ですか？」

今にも消え入りそうな声。白戸の右足を見つめる目は、心なしか潤んでいるようだ。女性に面と向かってそうきかれると、どんなに痛くとも「痛い」とは言えない。白戸は頭をかきながら、

「はい、大丈夫です」

「すみません。私のために。本当にごめんなさい」

女は何度も深々とお辞儀をする。

「そんな、別に謝ってもらわなくても……」

「本当に、ごめんなさい」

謝りつづける女性の肩ごしに、男の顔が見えた。細い通りの角に立ち、二人の様子を眺めている。声をかけてくるわけでもない。ただ、じっと見つめているだけだ。

男の様子に変化があったのは、歩道を若い男が歩いてきたときだった。コンビニ帰りと見え、手にビニールの袋をさげている。革のジャンパーをはおり、猫背気味の姿勢でゆっくり歩いてくる。男の視線は、若い男に釘づけとなった。その一挙手一投足を検分するかのように、じっと目を離さない。緊張しているのが、傍目にも判る。両手をだらりと下げ、いつでも行動に移れる姿勢を取った。

若い男は女性と白戸の前を、ぶらぶらと歩いていく。こちらに興味を示した様子もない。そのまま、まっすぐ歩き去っていった。

男の体から緊張感が消えていく。肩を左右にふり、両掌を開いたり閉じたりしている。そ

して、

「杉本《すぎもと》さん、そろそろ」

男の声に弾かれるように、女が顔を上げた。そのまま白戸に背を向け、そそくさと歩きだす。

——杉本っていうのが、彼女の名前なんだろうか。

歩きだす前に、白戸は後ろにある野方警察署の建物をふり返った。警丈を持った警官が、大欠伸《おおあくび》をしていた。

男は一言も口をきかぬまま、野方一丁目の細い通りを歩いていった。細い道とはいえ、ときおり車がものすごいスピードで通り過ぎていく。抜け道の一つにでもなっているのだろう。車が近づくたび、男は足を止め、じっと通り過ぎるのを待つ。女は男の背に隠れるよう身を縮め、目を閉じる。

そんなことをくり返しつつ、歩きつづけること十五分。『野方荘』という二階建てアパートの前で、男は立ち止まった。

築二十年はたっているだろう。くすんだ灰色の壁は、あちこちにヒビが入っている。庇《ひさし》からぶら下がっているのは、途中でへし折れた樋《とい》だ。

住宅街のどまん中にある化け物屋敷のようなアパート。男は、二階へと通じる外階段に足をかけながら言った。

「おまえ、名前は何て言う?」

「え？」

「おまえだよ。名前は？」

男の顔は、まっすぐ白戸の方を向いている。

「し、白戸です。白戸修」

「俺は北条隆一《ほうじょうりゅういち》。私立探偵だ」

「はあ？」

私立探偵？　白戸は北条と名乗る男の全身をあらためて見やった。北条の眉間に、深い縦皺が刻まれる。

「何だ？　探偵っていう仕事がそんなにおかしいか？」

「いえ、そんな、とんでもない」

「探偵といっても、独立開業しているわけじゃない。おまえ、城丸《しろまる》探偵社って知ってるか？」

白戸は首を振る。北条は両手を腰にあて、首をふった。片足は階段にかけたままだ。

「新聞チラシなんかに入ってるだろう」

「すみません。僕、新聞とっていないもので」

「まあいい。とにかく、俺は城丸探偵社に所属する調査員だ。そこにいる杉本恵《めぐみ》さんは依頼人」

錆びついた柱の陰で、杉本恵が会釈《えしゃく》する。

「詳しい状況は後で説明する。とにかく今は、俺の言う通り動け。状況は芳しくない」

「あの、状況って……？」

「白戸、まずそこの集合ポストで郵便物を確認しろ。何が入っていても、そのままの状態で、俺のところに持ってくるんだ。間違っても、封を開けたりするんじゃないぞ」

北条が足をかけている階段の脇には、あちこちにへこみのできた集合ポストがある。だが、どのポストにも名前が記入されていない。

「でも、北条さん……」

「彼女の部屋は二〇四だ。杉本さん、行きましょう」

北条が階段を上り始める。柱の陰にいた恵が慌てて後を追った。

一人残された白戸は、集合ポストの前に立った。ダイヤル錠も何もない、ただ前後に開け閉めする扉がついているだけだ。ポストの口から、チラシがあふれ出ているものもある。

白戸は右斜め上の二〇四の扉を開けた。長方形の物体が転がり出て、足許に落ちた。他には何も入っていない。落ちたものを拾い上げようとして、白戸は目を見張った。

地面に転がっているのは、AVビデオだった。パッケージは、全裸女性の写真をコピーして貼りつけただけ。正規に流通しているものではなさそうだ。

しかし、白戸の目を釘づけにしたのは、それだけではなかった。全裸女性の顔の部分には、切り取られた顔写真が貼りつけられていたのだ。にこやかに微笑んでいるのは、杉本恵だった。

4

アパートの居室数は一階、二階合わせて八つ。二〇四号室は北側の端にあった。

白戸はビデオを手に、通路を歩いていった。恐る恐る、扉をノックする。もし恵が顔をだしたらどうしよう。平静を装うことなど、できそうもない。

幸い、扉を開けたのは北条だった。室内にいるのに、サングラスはかけたままだ。

「入れ、足許に気をつけてな」

そう言われ、白戸は目線を下げた。上がり框《かまち》のところに、空き缶が一列に並べられている。

「な、何なんです、これ……？」

「トラップだよ」

苦笑交じりに北条が答える。「玄関から侵入者があれば、そいつにひっかかる。意外に効果があるんだぜ」

「はあ……」

訝《いぶか》しく思いながら、白戸は空き缶の列をまたぐ。靴を脱ぐ間もなく、北条がきいてきた。

「何かきていたか？」

何も言わず、ビデオを差しだした。それを受け取りながら、北条は小さく舌打ちをする。

「まったく、まめな野郎だ」

北条がパッケージを改めている隙に、白戸は室内の様子に目を走らせた。

日当たりの悪い、寒々とした部屋だった。手前に台所、奥に六畳ほどの居間。昼だというのに、遮光カーテンが引かれている。明かりは、居間のまん中に置かれたテーブルランプだけだ。

突然、耳障りなモーター音が響きわたった。見れば流しの横に、電動のシュレッダーが置かれている。紙の束を持った恵がそこに立ち、一枚一枚機械の中へと入れていく。いったいここで、何が行われているのだろう。白戸は説明を求めるため、北条を見た。

「あの、北条さん……」

「すまんが、ちょっとこれを持っててくれ」

問題のAVビデオを手に押しつける。

「ちょっと、何するんですか」

「パッケージが前にくるように持て。胸の前あたりがいい。そう。そのまま動くな」

どこから取りだしたのか、北条の手には小型のビデオカメラがあった。呆気にとられる白戸に、北条はレンズを向けた。

「よし、もういいぞ。そのビデオは預かっとく」

白戸からビデオを取り上げると、北条はズボンの尻ポケットにねじこんだ。それから恵の方へと向き直り、

「杉本さん、どうですか？　何かおかしな点はありましたか」

恵はシュレッダーから目を上げず、左右に首をふった。

「空気はどうです？　人が入ったような気配とか」

また首をふる恵。室内には、紙が切り刻まれる音だけが響いている。

白戸はもう一度、部屋を見回した。家具調度もほとんどない、殺風景な部屋だ。左側にある扉は風呂に通じているのだろう。居間は畳敷き。奥には押入れがある。その前には、ぱんぱんに膨れ上がったゴミ袋が数個、乱雑に積み上げてあった。

ここは杉本恵の部屋だと思っていたが、違うようだ。若い女性が一人で、こんな部屋に住むはずがない。表札も出ていなかったし……。

「白戸、部屋に上がって、留守番電話のメッセージを確認してくれ。先方の名前、内容、吹きこまれた時刻、すべてメモしておくこと」

北条は、いつの間にか居間へと上がりこんでいる。白戸は慌てて靴を脱いだ。

電話は居間の隅に置かれていた。メッセージランプがチカチカと点滅している。再生ボタンを押そうとして、白戸は手を止めた。

第三者である自分が、勝手に再生してよいものだろうか。

「あの、これ……」

「再生の仕方くらい、判るだろう」

北条が押入れの扉を開けながら言った。押入れの上段にはポールがさしわたされ、色とりどりの服がかけられている。下段は布団用のスペースに当てられていた。北条は服の一枚一枚、畳んだ布団の間にまで手を突っこんで調べている。その様子は変質者にしか見えない。

電話機に手を伸ばしつつ、白戸はもう一度きいた。

「北条さん、僕が再生していいんですか？」

「構わん」

「でもこれ……」

「それは恵さんの電話だ。許可はもらってある」

ということは、ここはやはり杉本恵の部屋……？

北条は布団を一枚ずつ広げ、枕の中まで調べている。自分を探偵と称していたが、彼にそこまでする権利があるのだろうか。

北条と電話機を交互に見比べる白戸の前に、杉本恵が立った。シュレッダーの音はいつの間にかやんでいる。

「いいんです、再生してください。私、怖くて聞けないから」

手のひらを胸の前で合わせ、怪物でも見るような目で電話機を見つめている。白戸はきき返した。

「怖い？」

「お願いします。私、向こうへ行ってます」

恵は両手で耳をふさぎ、台所へと戻っていく。

「バカ。余計なことを言わずに、早くやれ」

北条に頭を叩かれた。白戸はメッセージ再生のボタンを押す。コンピューターの冷たい声が言う。

「メッセージは四件です」

最初の一件は、無言だった。録音時刻は午後零時。つづく二件目はそれから二分後。やはり無言だ。三件目の録音時刻は午後一時。また無言である。無言でいる時間はどれも十秒前後。ゴーという雑音が入っているだけだ。

白戸は録音時刻を手帳に書き留める。

四件目、いよいよ最後だ。どうせまた無言に決まってる、そんな白戸の思いこみは、あっさりとくつがえされた。くぐもった男の声が聞こえてきたのだ。

「医者は何て言ってた？　恵さん。今日の診察は十二時からだよね。だけど、あんな医者を信用するなんて、どうかと思うな。あいつらの言うことなんて、みんなインチキだよ。あいつらは、恵さんのことなんて何も判っちゃいない。どうして、僕と話をしてくれないのかなあ。恵さんのこと、一番よく知ってるのは僕なんだから。僕は何でも知っているんだ。恵さんが今朝、何を食べたのか……」

録音時間が終了し、男の声は途中で切れた。カチャリと音がして、テープが止まる。

白戸は、立ったまま電話機を見下ろしている北条に言った。

「これは何です？　今の……」

「ここでは何も言うな。ちょっと表に出よう」

北条は白戸の肩を叩くと、玄関へと歩いていく。台所では、いまだ耳をふさいだままの恵が、流しの前で震えている。

「杉本さん、アパートの周りを見てきます。すぐに戻りますから」

北条の言葉に、恵はかすかにうなずいた。両目から大粒の涙がこぼれる。

「白戸、行くぞ」

北条が玄関扉を開く。薄暗い室内に、外の陽光が射しこんできた。まぶしさに、思わず目を細める。

通路に出ようとした白戸の目に、きらりと光るものが映った。扉脇に積まれた古新聞の束。その上に、四角いものが転がっている。そこに夕日が反射していたのだ。白戸はしゃがみこみ、目を近づけた。

「ビデオカメラさ」

背後に立った北条が言った。「もっとも、本物ではないが」

白戸はカメラを手に取った。思いのほか軽かった。

「本物ではないって……」

「プラスチック製のニセモノさ」

「ニセモノってことは、当然、撮影もできないんですよね」

「当たり前だ。それでも、ちょっとした防犯効果はあるんだ。傍目には本物と見分けがつかない。気の弱いヤツなら、それを見ただけで退散するって寸法だ。価格も七千円くらいからある」

「な、何のために、こんなことを？」

「とにかく、見回りだ。歩きながら話す」

北条はくるりと背中を向けた。玄関前にカメラ、部屋の窓には遮光カーテン。シュレッダーで手紙類を断裁する女性。留守番電話のメッセージ。杉本恵という女性に、いったい何が起きたのだろう？

白戸は北条の後を追った。

5

「彼女はストーカーに狙われている」

くわえた煙草に火をつけながら、北条は言った。サングラスはかけたまま。ときおり吹きつける春らしい風に、黒いジャケットがはためいた。

見回りと言って部屋を出た北条だが、実際にそうするつもりはないようだ。ただぶらぶらと散歩をしている、そんなふうにしか見えない。

煙を盛大に吐きだしながら、北条はつづけた。

「あのビデオカメラの意味は、そういうことだ。ストーカーに狙われ始めたころ、彼女が買ったものだ。今回の相手には、まったく効果がなかったが」

「ストーカー……」

「俺は彼女のボディーガードをしている。一月《ひとつき》前からな」

煙草を投げ捨て、今度は自販機の前で足を止める。金を入れ、缶コーヒーを買った。白戸の分も買ってくれるかと期待したが、あっさりと裏切られた。無糖コーヒーをちびちびやりながら、夕暮れ迫る住宅街を北条は歩いていく。

携帯電話を買ったため、財布にはほとんど金が残っていない。白戸は手ぶらのまま、北条の後につづいた。とりあえず今は、情報を集めるべきときだ。

「北条さんは、探偵だと言ってましたね」

「そうだ。浮気調査からボディーガードまで何でもやる」

「でも、どうして僕に声をかけたんです？　僕は探偵の経験もないし……」

「城丸探偵社の規則でな、常に二人一組で行動しなくちゃならんのだ。ところが、今日に限って相棒がダウン。仕方なくもう一人に電話したんだが、待ち合わせ場所に現われたのは、おまえだった」

北条が肩をすくめる。白戸は頭を下げた。

「すみません」

「おまえが謝ることじゃない。とにかく、早急に相棒を探さないといけなかった。それで、おまえに声をかけた。信用できそうだったから」

「そんなふうに見えますか？」

「間違い電話の報告に、中野まで出向いてくるヤツだ。筋金入りのお人好しだな。信用しなくてどうする」

まったく誉められている気がしない。

「それで、僕は何をすればいいんです？」

「別に何もしなくていい。俺の言うことだけ、素早くやってくれればな」

「ストーカーに狙われているって言いましたよね？」

北条の表情が、心なしか暗くなった。コーヒーの缶を片手で握り潰す。

「そうだ。それも、かなり手強いヤツにだ。おまえ、彼女の部屋、見ただろう」

カーテンが引かれた、女性のものとは思えぬ殺風景な部屋。

「盗聴、盗撮、とにかくやりたい放題だ。おかげで、昼間もカーテンが開けられない。彼女のだすゴミ袋も綺麗に持ち去りやがる。だから、気になるものはすべて、シュレッダーにかける」

「犯人は判っていないんですか？」

「だいたいの目星はついているんだがな。特定するにはいたっていない」

「目星？」

「彼女は、半年ほど前まで風俗店で働いていた。そのとき、言い寄ってきた客が何人かいたらしい。おそらく、その中の誰かだろう」

ストーカーについては、白戸も多少の知識を持っていた。

社会問題化しているストーカーだが、その大半は顔見知りの犯行であるという。別れた恋人や近隣の住人などがよくある例だ。

ストーカーというのは、いくつかのタイプに分類できるという。その一つが「妄想系」。相手が自分のことを好き、あるいは愛していると思いこみ、執拗に関係を迫ってくるタイプだ。拒絶の意思を示しても理解しない、典型的なストーカー事例である。

また、自分のことを完璧と思いこんでおり、自分の意に添わない者に対して怒りを爆発させる「自己愛系」というパターンもある。「自分ほど優秀な人間をふるなんて信じられない」と、無理矢理関係修復を求める事例もあるらしい。

どちらにしても、被害者にとっては苦痛以外の何物でもない。

北条が新たな煙草に火をつけ言った。

「ストーカーの厄介なところは、終わりが見えないところだ。いつ終わるのか、まったく判らない。そのことだけで、被害者は精神的にまいっちまう。日夜緊張がつづき、他人が信用できなくなる。杉本恵を見て判っただろう」

中野駅前から自宅までの、怯えた様子。すれ違う人間一人一人にまで向けられた、警戒感。すべては、ストーカーが原因ということか。

「でも、どうして警察に行かないんです? よく知らないんですけど、法律もできたんでしょう?」

「ストーカー規制法か。まあ使えないことはないんだが……」

「何か問題でも？」

「相手を特定しなくちゃならんのだよ。そうでなくては、訴えることも、差し止め請求を要求することもできん」

「でも、犯人は風俗店の客の中にいるって……」

「客のリストを店がだすと思うか？　プライバシーを盾に追い返されるのがオチさ。無言電話や尾行くらいでは、警察も動いてくれない。ストーカーの特定は、あくまで被害者が自分でやらなくてはならないんだ。そこで、俺たちみたいな人間が登場してくる。トラブルシューターとしてな」

「トラブルシューター？」

「俺の役目は、彼女を直接的な暴力から守るだけじゃない。ストーカーを特定し、そいつの犯行を立証するための証拠を集める」

北条は尻ポケットに突っこんだままのビデオを、ぽんと叩いた。

「こいつも証拠だ。受け取った日をメモして、写真やビデオに撮る。さっきの留守番電話もそうだ。吹きこまれたテープは日付ごとにすべて保管してある。杉本さんには毎日克明な日記をつけてもらっている。どこへ行き、どんな道を歩いたか。それらがいずれ、重要な証拠になるんだ」

「そこまでしても、犯人を特定できないんですか？」

北条はいまいましげに顔をしかめ、

「皆目な。それどころか、まだ犯人の姿すら拝んでない。俺としたことが、こんなケースは初めてさ」

「北条さんは、城丸探偵社に入る前から、この仕事を?」

「ああ。かれこれ十年になる」

白戸はあらためて、北条の顔を見た。仕事を始めて十年。サングラスをしているのでよくは判らないが、年齢は三十代後半といったところか。

「ちょっとわけありでな。城丸みたいなでかい会社には入りたくなかったんだが、金は稼がにゃならん」

北条は腕時計に目をやり、「ぼちぼち戻るか。いいな、杉本さんの前では不用意な言葉は口にするな。それでなくても、彼女の精神状態は限界ぎりぎりなんだ。ちょっとしたことにでも、過敏に反応する」

「判りました」

状況がはっきりしてくればくるほど、白戸の緊張は高まっていった。恵を狙っているストーカーは、こうしている間も、白戸たちを監視しているかもしれないのだ。

恵のアパートの両側は、駐車場になっている。二階の奥とはいえ、道路側からでも楽に見通せる。泥棒やストーカーに対し、まったく無防備な状態である。

「北条さん、あのアパート、立地が悪くありませんか?」

「おまえに言われなくても判ってる」

「引っ越しとかを勧めないんですか？」

「引っ越せるものなら、とっくに引っ越してるさ」

北条はフィルターぎりぎりまで吸った煙草を投げ捨て、「引っ越しするには、ある程度まとまった金がいる。だが、それをだせない人だって、いるんだよ」

「でも……」

そう言いかけた白戸の脇に、突然車が停まった。白のライトバン。トヨタのマークIIだ。

運転席にいるのは、パンチパーマのいかつい男。ウインドウの向こうから、こちらを見てニヤニヤ笑っている。助手席と後部座席には、髪を短く刈った若い男が三人、じっと正面を向いたまま、白戸たちを見ようともしない。

北条が耳許でそっと囁《ささや》いた。

「何を言われても、相手にするな」

運転席の男が降りてきた。白い歯を見せながら、北条の前に立つ。

「相棒が倒れたんだってな」

「入院したよ。自宅療養なんてレベルじゃないらしい」

「探偵が鬱病《うつびょう》になっちまうなんて、笑い話にもならん。しかも、依頼人をさしおいて、自分が入院しちまうとはね」

「ヤツはそれだけ人間的だったってことさ。杉本恵を見ていれば、誰だっておかしくなる」

「だが、おまえは大丈夫なんだろ？」

「まあな」

パンチパーマが白戸を見た。

「こいつは、何だ？」

「相棒さ。駅で見つけた」

北条は平然と答える。

「見つけただと？　藤井はどうした？」

「別件で仙台にいる。割のいい仕事をもらってるらしい」

「ふうん」

パンチパーマは、白戸の顔を睨《ね》めつける。「で、使えるのか？」

「まあな」

「頼りねえな。よければ、援軍をだすぜ」

親指で車の助手席を指す。北条はそちらを見ようともしない。

「いらぬお世話だ。おまえらと一緒に仕事はしない」

パンチパーマが北条の胸ぐらを掴み、顔を近づけた。

「でけえ面してられるのも、今のうちだけだ。そのうち、この業界で働けないようにしてやるぜ」

腕を払いのけ、北条が穏やかな声で言った。

「やれるもんなら、やってみろ」

パンチパーマは何も言わず、運転席へと戻っていった。タイヤを軋《きし》ませ、猛スピードで走り去っていく車。北条は涼しい顔で、それを眺めている。

「北条さん、今のは？」

「城丸探偵社の稼ぎ頭、出川栄三《でがわえいぞう》さ。金のためには、どんな依頼も引き受ける。俺とはソリが合わなくてな」

北条は駐車場のまん中に立ち、目の前のアパートを見上げる。午後五時を回り、陽は西に傾き始めている。周囲の家々には明かりの点《とも》りだす頃合だ。しかし、アパートにある八つの部屋は、どれも真っ暗なまま。人の気配がまったく感じられない。

寒々とした光景を前に、北条は微動だにしない。帰宅を急ぐ通行人が不審げな眼差しを投げかけていく。

白戸はそっと近づいた。

「北条さん？」

「こんなことに巻きこんで、悪かったと思っている。だが、俺一人で彼女を守りきれるかどうか、自信がないんだ。いつも二人でコンビを組んでいたからな」

白戸としては、ただうなずくしかない。北条はつづける。「明日の夜まででいい。俺につきあってくれ」

断れるはずもなかった。恵の精神状態は既に限界を超えている。このままでは、何が起きるか判ったものではない。

「役にたてるかどうか判りませんけど」

「出川も言っていたが、俺の相棒は今入院している。神経の病気だそうだ」

「原因は、恵さんですか？」

「ああ。生真面目でやさしいヤツだったからな。彼女の窮状を見ていられなくなったんだろう」

人に怯え、すべてから逃げるようにして生活している杉本恵。彼女の悲愴な状況は、傍にいる者まで疲弊させる。

北条は腕組みをしたまま、険しい顔でつづけた。

「なかなか手強い相手だ。ハードな仕事になるかもしれん。覚悟だけはしておいてくれ」

街灯が点り、陽の名残も徐々に消えていった。それでも、アパートは暗く沈んだまま。二階右端の部屋には、恵がいるはずなのだが。

「彼女、夜になっても明かりをつけないんだ。カーテンごしに写真を撮られたことがあってな」

「写真？」

「今のような遮光カーテンにする前だ。アイボリーのロールカーテンを使っていた。視界を遮るには、それで十分だ。だが、部屋の明かりをつけると、カーテンがスクリーンの役目を果たす。彼女のシルエットが浮かびあがるというわけさ。ヤツはその写真を撮った。そして、それをネットに載せてばらまいたんだ。それ以来、彼女は部屋の明かりをつけなくなった」

「ひどい話ですね……」

「そんなのは序の口さ。盗聴、盗撮、あらゆる手段で彼女は狙われている。部屋の盗聴器チェックはしたんだがな。それでも油断できない」

北条は白戸に向き直った。「杉本さんといるときは、常に自分の動きに注意しろ。自分の姿は常に見られている、そう思っていて間違いない」

白戸は言い知れぬ恐怖を感じた。姿の見えない相手から、自分が一方的に見られている。それだけで、身の置きどころがなくなったような気分になる。

「何か防ぐ手段はないんですか？」

「あればとっくにやってるよ」

「近所の人に協力を頼んだらどうです？　同じアパートの人とか」

北条はきょとんとした目つきで、白戸を見る。

「おまえ、どこまでお人好しなんだ？　他人のためにそんなことをしてくれるヤツがどこにいる。みんな、見て見ぬフリさ。かかわり合いになりたくないんだ」

「そんな……」

「正直、他の住人は彼女に出て行って欲しいのさ。大家にも嫌味を言われている」

「他に行き場所はないんですか？　友達のところとか」

「まあ、なくはない。彼女の実家が福島にある」

「だったら早くそこに……」

「それは、杉本さんが決めることだ。今のところ、彼女にその気はないようだがな。それに、住処を移したところで、ストーカー行為がやむ保証はない」

北条の口調は心なしか、投げやりだった。それはそうかもしれない。一ヶ月間、恵の傍にいながら、身許を特定することすらできていないのだから。

軽く伸びをすると、北条は歩きだした。

「そろそろ戻らんとな」

アパートの部屋にも、ぽつぽつと明かりが点り始めていた。しかし、二〇四号室は、暗闇に沈んだままであった。

6

「我々は、台所にいますから、あなたは寝てください」

北条の言葉に、恵はただうなずくだけだ。陽もすっかり暮れ、居間は真っ暗だ。キッチンテーブルに置かれたランプのおかげで、かろうじてお互いの輪郭が見える程度。

恵は押入れの襖《ふすま》にもたれ、ヒザを抱えて座っていた。先生に怒られた小学生が、教室の隅で拗ねているようだ。

時刻は午後十時。北条に言われ、白戸は台所へと戻った。白戸は尋ねる。

「夜じゅう、ここにいるんですか?」

依頼人とはいえ、若い女性の部屋だ。北条が声をひそめて、

「ふつう、こんなことはしない。ボディーガードといっても、あくまで外出中が主だからな。依頼人を目的地まで送り届けたら、俺たちの仕事は終わりだ。だが、今回はそうもいかない」

北条の言うこともっともだ。相手は常に、恵を監視しているストーカーである。探偵の姿が見えなくなった時点で、即攻撃してくるだろう。

「二十四時間の警護。ストーカーの身許確認。この二つが依頼内容だ」

北条がそう言ったとき、電話が鳴った。

驚きのあまり、白戸はテーブル上のランプをひっくり返しそうになった。

「バカ、落ち着け」

北条が居間に駆けこむ。恵は襖にもたれたまま、ただ震えていた。電話のコールはつづく。留守番電話の機能は止めてあるらしい。北条が言った。

「杉本さん、電話に出るんだ」

激しく首を振る恵。

「電話に出るんです。ヤツはあなたが自宅にいることを知っている。無視すれば、ヤツを増長させるだけだ」

北条は半ば引きずるようにして、恵を電話の前まで連れていった。「さあ、出て」

閉じた恵の目から、涙がこぼれ落ちた。それでも北条は容赦しない。

「早く出るんだ。あなたがそうやって怯えている限り、ヤツは調子に乗るだけだ」

恵が首を左右にふる。

「嫌……」

電話は鳴りやまない。

白戸は受話器を取った。咄嗟の行動だった。北条が唖然として、こちらを見ている。

「もしもし」

返事はない。白戸は重ねて言った。「あんた、誰だ?」

妙にかん高い、不快な声が響いた。ボイスチェンジャーを使っているようだ。

「あんたこそ、誰だ? 恵の部屋で何してる?」

もういい加減にしたらどうなんだ」

「おまえいったい……」

「姿も見せないでこそこそしやがって。おまえみたいなヤツを、変態っていうんだよ」

「へ、変態……」

電話は一方的に切られた。

「もしもし? もしもし?」

北条の手が伸びてきて、白戸から受話器をもぎ取った。

「バカな真似しやがって」

受話器を叩きつけ、北条は怒鳴り声をあげた。「いったい何のつもりだ?」

「すみません。あの声聞いたら、ついカッとしちゃって」

「カッとしちゃってだと？　おまえ、自分が何をしたのか判っているのか？　ストーカーってのはな、自分がターゲットに何らかの影響を与えることで、喜びを感じるんだ。だから、怯えたり、怒ったりしちゃいけないんだよ」

「怒ってもいけないんですか？」

「怒るのは絶対にダメなんだ。相手と感情的につながっているとストーカーは錯覚する。逆効果なんだよ」

「じゃあ、どうすればいいんです？」

「平然とふる舞うのさ。受話器を取り、そっけなく切る。こいつが一番なんだ」

「そんなこと、今の杉本さんにできるわけないでしょう！」

恵は両手で顔を覆い、しゃがみこんでいた。北条は白戸をひとにらみし、恵の横に座った。

「騒いで悪かった。今夜は二人で寝ずの番をする。安心して寝てくれ。薬を忘れないように」

北条に言われ、恵は立ち上がった。顔色は紙のように白く、目の下には隈がくっきりと浮き出ている。そんな彼女が、白戸に向かって小さく頭を下げた。

「ごめんなさい」

「え？」

「私のために、ごめんなさい」

「そ、そんな、別にあなたが謝ることじゃあ……」

「いえ、全部、私が……」

「杉本さん、そろそろ寝た方がいい」

北条が彼女の言葉を遮った。言われるがまま、恵は押入れから布団を下ろし始める。生気のない、アンドロイドのような動きだ。

彼女の後ろ姿を見つめながら、北条は白戸に囁いた。

「注意しろ。ヤツは何か仕掛けてくるぞ」


「恵さんの飲んだ薬、睡眠薬か何かですか？」

午前一時。台所で向かい合いながら、白戸は言った。隣からは、恵の規則正しい寝息が聞こえてくる。

空になった煙草の箱を握り潰しながら、北条が答える。

「俺にもよく判らん。かかりつけの医者がくれたもんだ」

「病院に通ってるんですか」

「週に二回。外出するのは、それくらいだ。今日、中野に行ったのも、通院するためでな」

「さっきはすみませんでした。勝手なことをして」

「謝ることはないさ。おまえの言ったことは、決して間違ってはいない。ストーカーを無視しつづけたところで、彼女には何の解決にもならないんだからな」

「でも、もし相手が何か仕掛けてきたら……」

「彼女が東京にいる限り、守りぬいてやる」

「そこまで言うのなら、実家に戻るよう彼女を説得したらどうです。ご両親の許に帰れば、もう安心でしょう」

「そう思うか？」

「え？」

「彼女の実家ってのは、なかなかの名家なんだそうだ。羽振りもいいらしい。親父さんは議員をやっていてな」

「それなら、なおさら帰った方がいいですよ。こんなところで……」

「二流の探偵に守られているよりは……か？」

「い、いえ、そんなことは……」

「本当のことだ。気にするな。だがな、彼女だってバカじゃない。こんな状況になるまで、東京でがんばりつづけたのにはわけがある」

「わけ？」

「福島にいる親父ってのは、実の父親じゃない。杉本さんの父親は彼女が中学のときに亡くなっていてな」

「はあ……」

「彼女が高校生のとき、母親が再婚した。つまり、今の親父と血のつながりはないわけで……。まあどういうことが起こったか、想像つくだろう」

白戸は北条の言葉を遮った。

「そんな立ち入ったことを、僕に話していいんですか？」

「おまえは、明日まで俺の助手だろう」

「それはそうですが」

「探偵が依頼人の素性を知っておくことは必要だ」

「でも……」

「話は最後まで聞け。とにかく、杉本さんは父親の許を離れるため、東京にきた。それから五年。風俗店でバイトしたりして、必死に生きてきたってわけだ。実家に戻りたくない一心で」

「はあ……」

「正直言って、俺は彼女を実家になんか帰したくない。福島に戻るのが賢明な選択だとも思わない」

北条の声は知らず知らずのうちに大きくなっていく。

「俺は何とかしてストーカーの野郎を捕まえたい。そうすれば、彼女は東京にいられる。すべては解決するんだ」

「北条さん……」

「おまえにすべてを話したのはな、本気で協力して欲しいんだ。何とかしてストーカーのヤツを……」

カチンと、金属の触れ合うような音がした。

「北条さん……」

「静かに」

北条は人さし指を立て、じっと耳をすます。同じ音が響いた。カチン……。

ベランダ方向からのようだ。

北条は居間へと入り、ガラス窓に手をかけた。ベランダに誰かがいる。それは間違いない。白戸はそっと恵の様子を見た。布団の上に起き上がり、目を大きく見開いている。

北条が窓を開けた。ベランダの手すりの向こうに、男の顔がのぞいている。手すり伝いに下りるつもりだ。北条が叫んだ。

「白戸、外に回れ」

トラップ用の空き缶に蹴躓《けつまず》きそうになりながらも、白戸は外へと飛びだした。両隣の駐車場に入れば、男の逃げ道は四方にある。行手をふさぐには人数不足だ。

階段を下り、通りに出た。人影はない。とりあえず、アパートの裏手へ回る。駐車場を横切っていく二つの影が見えた。男と北条だ。その差は十メートルほど。先を行く男は膨らんだ紙袋を抱えている。そのため、思うようにスピードが出ないようだ。

北条がタックルを食らわせた。二つの影が一つになり、路上に転がる。白戸は現場へと急いだ。

北条は馬乗りになり、なおも暴れる相手を組み伏せている。走り寄る白戸に、北条は言った。

「紙袋の中身を確認しろ」

電柱の脇に転がる紙袋を、白戸は拾い上げた。有名デパートのマークが派手に描かれた、真っ赤な紙袋。底が何ヶ所か破れている。そこからのぞいている白いものは……。

「これ……」

白戸は絶句した。紙袋の中身は、女性用の下着だった。

「どうした？」

なおも抵抗をつづける男を後ろ手にねじり上げながら、北条は紙袋の中身に目をやった。さすがの北条も言葉にならない。「こ、これは……」

白戸は肩を落として言った。

「そいつはストーカーじゃありません。下着ドロですよ」

紙袋に気を取られ、北条の手が弛んだのだろう。組みしかれた男が、北条を撥ね飛ばした。唸り声とともに立ち上がった男は、白戸に向かってくる。

「返せ」

紙袋を取り返したいらしい。淀んだ目が白戸を見すえる。白戸は気圧《けお》されて後ずさった。

「返せ」

突然、男の姿が白戸の前から消えた。北条だ。彼が男の襟首を摑み、体を電柱へと押しつけたのだ。右腕が男の首をがっちりと締めている。

「おまえ、どうしてあの部屋を狙った？」

「く、苦しい……」

「答えろ。あの部屋を狙ったのは、どうしてだ？」

男の顔が苦痛にゆがむ。北条はますます腕に力をこめていく。

「あの、北条さん……？」

白戸の呼びかけは無視された。

「た、助けて……」

「答えろ。あの部屋を狙ったのはどうしてだ？　偶然じゃねえんだろ？」

男がうなずいた。

「頼まれた……。若い女が一人で住んでるから、行ってみろって」

「誰にだ？　誰に頼まれた」

「し、知らねえ。帽子かぶった若い男だったよ」

「くそっ」

北条は男を電柱に叩きつけると、アパートに向かって走りだした。白戸は慌てて後を追う。下着の詰まった紙袋を抱えたまま。

「北条さん、どうしたんです？　あの男、警察に突きださなくていいんですか？」

「そんな暇はない。ヤツは囮《おとり》だ」

「囮？」

「杉本さんの部屋から、俺たちを引き離すための……」

アパートの前に、女の姿があった。パジャマの上にコートをはおっただけの杉本恵だ。救いを求めるような目で、こちらを見つめている。

北条が慌てて駆け寄った。

「こんなところで、何してるんです？」

「で、電話が……」

「なに？」

「電話が鳴りっぱなしなんです。怖くて」

「こんなところに一人で立っているなんて、それこそヤツの思うつぼだ。白戸、杉本さんを頼む」

北条は周囲に目を凝らしている。人通りもなく、森閑とした住宅街。家の明かりもほとんどが消えている。

白戸は恵を伴い、階段を上がった。彼女の全身は小刻みに震えている。

ストーカーは下着ドロに情報を流し、恵の部屋を狙うようたきつけた。男を追い、北条たちが恵の傍を離れると計算してのことだろう。そして、その隙に、電話をかける。

だが、白戸の頭には釈然としないものが残った。そんなことをして、いったい何の益があるというのか。そんな状況で恵が電話に出るとは思えない。恵とコミュニケーションが取りたいのなら、もっと他に手段があるだろうに。

白戸は恵を部屋に入れ、ダイニングテーブルに座らせた。

「何か飲みますか？」

恵は首をふる。暖かくなってきたとはいえ、朝晩の冷えこみは厳しい。そんな中にあって、恵の額には汗が吹きだしていた。

白戸は奥の部屋に入り、電話機を確認する。着信履歴は三件。番号はどれも「非通知」となっている。ふだん何気なく使っている電話が、この場で見ると、何となく不気味に思えてくる。

扉が開き、北条が戻ってきた。

「異常なしだ」

「電話にメッセージは入っていません。着信は三回です」

「見事にしてやられた」

北条は頭をかきながら、恵の前に座った。「大丈夫ですか？」

「は、はい」

「あなたを一人にして、飛びだしてしまった。申し訳ない」

「そんな……」

「とにかく、今は休むことです。あまり興奮すると体に障る」

北条は恵の両肩を抱くようにして、布団へと連れていく。

恵がひっと息を呑み、立ち止まったのは、敷居をまたいだときだった。北条が彼女の顔をのぞきこむ。

「どうしました？」

恵は全身を戦慄《わなな》かせ、北条にしがみついている。

「ど、どうしたんです？」

落ち着かせようとするのだが、恵はただ震えるばかり。北条の着ているジャケットの裾《すそ》を、しっかりと握り締めている。

白戸に何か言おうとしたのだろう、北条の顔が台所の方を向いた。その目が一点で釘づけになる。

「白戸、それは……」

「え？」

「テーブルの上だ」

ダイニングテーブルのまん中に、金色に光るキーホルダーが置いてあった。北条は恵を抱き寄せるようにして、テーブルに近づく。

「これは、おまえがここに置いたのか？」

「いいえ。ずっとそこにあったんだと思います」

「おまえ、杉本さんを部屋に入れるとき、どうやって扉を開けた？」

「どうやってって……ふつうにノブを回して……」

「そうじゃない。鍵は？　鍵はどうやって開けた？」

「鍵なんて使ってませんよ。鍵はかかっていなかったですから」

北条は、恵に目を戻した。

「杉本さん、さっき表に出たとき、鍵をかけましたか？」

恵は、北条の胸に顔をうずめたままだ。

「恵さん？」

まもなく、か細い声が聞こえてきた。

「部屋の……部屋の中が……」

「部屋？　部屋がどうしたんです？」

「何か変なんです。部屋の……」

「部屋の空気ですか？　何かいつもと違うところがあった？」

恵がうなずく。意味が判らず、白戸は口を開きかけた。それを北条が制する。

「黙れ。何も言うな。動くな。息もするな」

北条は恵を抱いたまま、部屋の中をぐるりと見回す。白戸は言われた通り、息も止め見守った。

恵をそっと引き離すと、北条はイスの一つに座らせる。それから玄関を指さし、そこに立つよう白戸に指示してきた。

北条は足音も立てず、奥の部屋へ移動した。音は何もしない。遠くを行き交う車の音がかすかに聞こえてくる程度。

そのまま五分。北条は身動き一つせず、部屋のまん中に突っ立っていた。彼の目的が何なのか、白戸にはまるで判らない。

やがて、北条が肩の力を抜いた。頬を汗が伝っていく。コトンと何かが倒れるような音が聞こえた。再び、北条の全身に緊張が走る。

空気が動いた。その感覚が白戸にも判った。窓を閉め切った狭い部屋。いるのは、白戸、恵に北条だけ。だが、それとは違う何らかの動きがある。温度というべきか、密度というべきか。

座りこんだまま放心していた恵が、呻き声をあげ、両手で頭を抱えこんだ。

「白戸、明かりだ。明かりをつけろ」

北条が叫び、押入れへと突進する。白戸は壁にあるスイッチに手を伸ばした。

蛍光灯の明滅が始まった瞬間、押入れの襖が開いた。北条が開けたわけではない。中から勝手に開いたのだ。

黒い塊が飛びだしてきた。北条に体当たりをかける。咄嗟のことで、北条もよけきれなかったようだ。突き飛ばされ、布団の上に転がった。

恵の悲鳴が響きわたる。飛びだしてきたのは、小柄な男であった。目だし帽で顔を隠し、グレーのジャンパーをはおっている。下は汚れたジーンズ。居間のまん中で、じっと恵に目をやっている。肩が大きく上下し、荒い息遣いが白戸の耳にも聞こえてきた。

男の背後で北条が立ち上がる。

「白戸、玄関をカバーだ。外にだすな」

そう言われ、ようやく我に返った白戸は、再び玄関前で仁王立ちになった。

だが男の判断は素早かった。北条より白戸の方が与《くみ》しやすいと思ったのだろう。まっすぐ白戸の方に向かってきた。ギラギラと光る両目に射すくめられ、白戸は身動き一つできない。

男は白戸の胸ぐらを摑むと、壁へと叩きつけた。そのまま扉を蹴り開け、表に飛びだす。空き缶のトラップを、綺麗に飛び越えて。

白戸は起き上がり、後を追った。無我夢中だった。倒れた拍子に、今度は腰を打ったらしい。ときおり、息も止まるような激痛が突き上げてくる。それでも白戸は、男を追って走りつづけた。

はるか遠くに、豆粒ほどの人影が見える。今にも見失ってしまいそうだ。白戸の追跡を知っているのか、男は全力で駆けていく。その速度は一向に衰えない。

野方一丁目から二丁目へ、環七通りに沿うように、男は走っていた。二人の距離は開くばかりだ。

そのとき、前方の人影が右に曲がった。二十四時間営業の無人駐車場の看板が立っている。嫌な予感がした。

まもなく、低いエンジン音とともに、黒い車が飛びだしてきた。距離があり、あたりも暗いため、ナンバープレートを読み取ることはできない。だが、後部ドアのところに立つ二本のアンテナだけは確認することができた。おそらく盗聴用のものだろう。

白戸は足を止めた。赤いテールランプはぐんぐん遠ざかっていく。あと一歩だった。少なくとも、あと一人応援がいてくれたら、捕まえることができたのに。

——あと一人……？

何かが変だ。黒雲のようなものが、もやもやと頭の中に膨れ上がる。狙われた女性、後手に回る探偵。そして、狡猾なストーカー。

黒雲は、やがて一つの形を取り始めた。

——もしかすると……。

白戸は再び全力で走りだした。


白戸を迎えたのは、杉本恵の嗚咽《おえつ》だった。居間のまん中にぺたんと座り、顔を覆って泣き伏している。

北条は口を真一文字に結び、台所の壁にもたれている。

白戸は並んでいる空き缶をまたぎ、中に入った。

「すみません。見失いました」

北条は力なく笑う。

「気にするな。本当なら、俺が追いかけるべき相手だ」

「相手は車を用意していました。少し離れたところにある駐車場に」

「やっぱりな……」

「距離があったので、車種やナンバーは判りませんでしたが、アンテナが二本、立っていました。北条さんが言ってた、盗聴用のものだと思います」

「今、部屋の中を調べてみた。盗聴器は仕掛けられていない。だが、杉本さんの所持品が数点、盗まれている」

北条は大きくため息をついた。「我ながら情けない。ここまで好き放題やられるなんて」

「北条さん、実はそのことについてなんですが……」

言いかけた白戸は、思わず口を閉じた。虚ろな目をした恵が、二人の前に進み出てきたからだ。

恵は白戸と北条に向かい、深々と頭を下げる。

「全部、私が悪いんです」

「す、杉本さん……」

「こんな目に遭うのは、私が悪いんです。きっと、私自身にも隙があったんです。あんなアルバイトをしたのが、間違いのもとだったんです」

「ちょっと待って……」

「もういいんです。これ以上、みなさんにご迷惑かけるわけにはいきません。自業自得なんですから」

北条が壁から身を離して言った。

「それは違う」

「え？」

「そんなふうに自分を責めるものじゃない。あなたはちっとも悪くなんかない」

「でも私は……」

「君があのアルバイトのことを気に病んでいるのは判る。だが、それとこれとは別だ。君がストーカーに狙われるのは、君が悪いわけじゃない。悪いのは、相手の男だ。いいね、悪いのは相手の男だ」

恵は涙をためた目を見開き、北条を見つめている。

「北条さん……」

「申し訳ないのは俺の方だ。いまだに、犯人の特定すらできなくて」

北条が下唇を嚙み締める。白戸は小さな声で言った。

「北条さん。実は、聞いてもらいたいことがあるんですけど」

7

暗闇の中に、電話の着信音が鳴り響いた。白戸はすかさず腕時計に目をやる。午前三時。

やはりきたか。

北条に合図をして、白戸は電話機の横にしゃがみこんだ。留守電機能をオフにしてあるため、着信音は鳴りつづける。

七回、八回……。白戸は今一度、北条を見やった。布団の上で恐怖におののく恵。彼女の手を握り、そっと抱き起こす北条。ジャケットをダイニングテーブルのイスにかけ、今はワイシャツ姿になっている。

「いいですね。勇気をだして。思いのたけをぶつけるんです」

だが、恵の動きは鈍い。着信音が鳴るたびに、ぴくりと身を震わせている。

十回、十一回。そろそろ出ないとまずい。白戸は身ぶりで急げと指示した。北条の顔にも、焦りの色が見える。

「杉本さん、これが最後のチャンスかもしれない。勇気をだして」

二人は電話機の前に座った。だが恵は一向に、受話器を取ろうとはしない。

十三回、十四回。限界を感じたのか、北条が受話器に手を伸ばそうとした。白戸はそれを押さえつける。

「ダメです。杉本さんに取ってもらうんです」

恵の目に、ようやく光が宿り始めた。白戸が初めて見る、恵自身の意思の光だ。白戸は北条の手を離し、ゆっくりと言った。

「この際だ、落ち着けなんて言いません。とにかく、自分の本心をぶつけるんです。相手を怖がってはいけない。自分はまだ負けていないことを、相手に判らせてやるんです」

恵の細く白い手が、受話器を取った。鳴り響いていたコールが止まり、静寂が訪れる。

「もしもし」

白戸と北条は、受話器に耳を近づけた。ボイスチェンジャーを使ったあの声が、聞こえた。

「ずいぶん、待たせるじゃないですか」

恵は指が食いこむほどに、受話器を握り締めている。

「あなたは、誰です？」

耳障りな笑い声。

「さっきはお邪魔させてもらいましたよ。いやあ、あなたの部屋、最高だったな。もう少し、あの場所にいたかったけど」

「やめてください」

「あのバカな探偵がいなければなあ。僕たち二人きりになれたのに。まあ、お土産もいただいたし、満足してるけどね」

恵の頬が赤くなった。羞恥のためなのか、怒りのためなのか、白戸には判らなかった。きーきー声はつづける。

「でもさあ、あの後、追いかけられたのにはまいっちゃったよ。だけど俺、あんなヤツに捕まったりはしないよ。もちろん、君のことをあきらめたりはしない。君の行くところ、僕はどこまでもついていく。僕の気持ちが判ってもらえるまで……」

「判るわけないじゃないですか！」

相手の鼓膜を破らんばかりの勢いで、恵の金切り声が響きわたった。

「こんな、こんなことされて、何を判れって言うんですか。勝手なこと言わないで」

「ちょっと待てよ……」

「私、あなたから逃げるのをやめます。実家に帰るのもやめます」

「な、何……？」

「ここで、あなたと闘ってやるわ」

恵は受話器を叩きつけた。全身をわなわなと震わせ、今にも貧血を起こしそうな顔だ。北条が後ろから、そっと両肩を抱いてやる。

恵は宙を見すえたまま、荒い呼吸をくり返している。

また電話が鳴った。恵がはっと顔を上げる。白戸は首をふった。

「今度は出なくていい」

コールはつづく。十回、十一回。

「恵さんを部屋の奥へ。北条さん、油断しないで」

二十回、二十一回。まだやむ気配はない。覚悟していたこととはいえ、これだけしつこくやられると、神経がまいってくる。

少しボリュームを落とそうと、白戸が腰を上げた瞬間、コールが止まった。静寂に包まれる室内。拷問から解放されたような気分だ。白戸がほっと胸をなで下ろしたとき、玄関扉が蹴破られた。

侵入してきたのは、目だし帽の男だ。右手には登山ナイフ、左手には携帯電話を握り締めている。

――電話はフェイントか。

北条が突きだした懐中電灯の明かりに、ナイフの切っ先が光った。白戸は咄嗟に身を引き、第一撃を避けた。

居間に踏みこんでくる男。恵、北条、男が一直線上に並んだ。男は唸り声を発しながら、北条との間合いを詰めていく。北条の背中に顔をうずめる恵。

白戸は男の背後に回り、チャンスをうかがう。だが、男には隙がない。ナイフの切っ先を北条に向けつつも、いつでも反転できる姿勢を取っている。

相手を怒らせ、部屋に呼びこむ。そこを捕まえてしまおうという急場凌《しの》ぎの作戦だったのだが……。ナイフ持参でくるとは誤算だった。

状況は不利だった。北条と恵は、押入れの襖まで追い詰められている。男は二人を弄ぶかのように、じりじりと迫っていった。北条が体を沈め、男に体当たりをした。素早くかわす男。バランスを崩した北条は男に背中をさらした。

――まずい。

白戸が飛びだそうとしたとき、男のナイフがふり下ろされた。硬いもの同士がぶつかり合う、カキンという音が響いた。

北条は片膝立ちになりながらも、男と組み合っていた。左手には、証拠物として尻ポケットに入れておいたAVビデオ。そのパッケージ部分には、ナイフが深々と突き通っている。北条はビデオパッケージを盾にしたのだ。

抜けなくなったナイフを、北条がビデオごと捻り取った。形勢逆転。だが、男はなおも抵抗の構えを見せる。窓際へと寄りながら、白戸たちの動きに目を光らせている。先に動いたのは、北条だった。さきほどと同じく、頭からぶつかっていく。男はひらりと体をかわし、北条の足首に軽く蹴りを入れた。何とか踏み留まり、対峙する北条。五分と五分のやりとりだ。

男は白戸に向き直り、じっと間合いをはかっている。状況は前回とほぼ同じ。白戸を倒し、玄関から逃れるしかない。

男の注意が白戸に向いた瞬間、北条の右ストレートが伸びる。間一髪よけた男は、再び北条と正面から向き合った。

その隙に、白戸は台所まで下がり、ポケットに入れたままになっていた携帯電話を取りだした。一か八か、奥の手を使うことに決めたのだ。

白戸はリダイヤルボタンを押した。最後にかけた相手は、北条である。彼の携帯は、ジャケットの内ポケット。ジャケットは目の前のイスにかけてある。白戸は北条の携帯を取りだした。バイブレーターの設定になっているので、音は鳴らない。通話ボタンを押す。

隣の居間からは、二人の男が組み合う、ものすごい音が聞こえてくる。白戸は北条の携帯を手に、部屋へと入った。

形勢は北条に不利だった。恵をかばっているため、思うように動けないのだ。左頬に拳を受け、北条は片膝をついた。

白戸は男の背中に組みついた。それもつかの間、白戸の体は宙を舞い、床に叩きつけられた。いったい何が起きたのか、判らない。男は上体を捻るだけで、白戸の締めを解いたのだ。

白戸は痛む腰をかばいつつ、身を翻そうとする男の右に位置をとった。男の腕を取り、引き寄せる。男が初めて、言葉を発した。

「こいつ……」

男は白戸に引っぱられるまま、体を預けてきた。白戸は男に押される形となり、壁際にまで吹っ飛ばされた。

最初で最後のチャンスだった。手にした北条の携帯を、男のジャンパーにすべりこませる。

男は恵を一瞥《いちべつ》した後、開いたままの玄関から飛びだしていった。

白戸はまず北条に駆け寄った。かなりのダメージを受けたらしく、床にうずくまったまま動かない。

「北条さん……」

唇がざっくりと切れ、血が流れ出ていた。

「恵さん、タオルを!」

布団にくるまり震えていた恵が、顔を上げた。畳に滴る血を見て、息を詰める。

「恵さん、タオルを早く」

立ち上がった恵だが、まだ足許がふらつくらしい。壁に手をついたまま、肩で大きく息をしている。ナイフ男に乱入されたのだ。正気でいる方が無理なのかもしれない。

北条がうっすらと目を開いた。

「北条さん」

「め、恵さんは……？」

「無事です。ヤツは逃げました」

北条が白戸の手を握り締める。

「俺のことはいいから、早く後を……」

「大丈夫。うまくいくかどうかは、判りませんが」

白戸は通話状態になったままの、携帯電話を示した。

「あまり大きな声をださないように。こちらの声が、向こうに聞こえてしまう」

北条は咳きこみながらも、にやりと笑った。

「やるな」

白戸は携帯に神経を集中した。聞こえるのは、ザーザーという雑音ばかり。

北条の介抱を恵にまかせ、白戸は台所へと移動した。通話が断絶しないことを祈りながら。

車のブレーキ音が聞こえたのは、それから二分後だった。ドアを荒々しく閉める音、数人の声。

やがて、低いだみ声が響いてきた。

「どうだった」

答えたのは、鼻に抜けるような甲高い声。目だし帽の男だろう。

「ナイフで脅してやりました」

「恵を傷つけたりしなかっただろうな?」

「ええ。危ないところでしたが」

「危ないところ? どういうことだ。説明しろ」

「北条の相棒が意外と手強くて。ちょっと揉み合いになりました」

「怪我をさせたのか?」

「いえ。ただ、北条が組みついてきたので、一発、食らわせてやりました」

「ふむ。北条なら構わん。そのくらいやった方が、真実味が出る」

男が乾いた笑い声を立てた。その声。間違いない、ほんの数時間前、白戸はその笑い声を聞いている。パンチパーマの出川。ヤツに間違いない。

「ビンゴ」

白戸は携帯に向かい、大声で言った。

8

午前四時。空はまだ白み始めてすらいない。

野方荘の隣にある駐車場。そこに、白色のマークIIが入ってきた。ハイビームにセットしたライトが、白戸の顔を真正面から照らしだす。まぶしい光に、思わず目がくらんだ。

ヘッドライトの光輪から、白戸は一歩右に寄った。出川栄三が立っていた。いつ運転席から降り立ったのか、白戸には判らなかった。出川の右手には、北条の携帯電話が握られている。

「してやられたよ。単純な手にひっかかったものさ」

「こっちこそ、もっと早くに気づくべきだったんだ。ストーカーの黒幕が、あんたたちだってことに」

「これも依頼人のためさ」

「依頼人っていうのは、誰のことを言ってるんだ？　杉本恵さんのことか？　それとも、彼女の父親のことか？」

出川が、手で顎髭をしごく。

「何のことを言ってるのか、判らんな」

「とぼけなくてもいい。あんた、恵さんの父親に頼まれたんだろう？　恵さんが自分の許に帰ってくるようにしてくれって」

出川は肯定も否定もしない。ただ黙って、白戸の言葉を待っている。白戸はつづけた。

「しかし、恵さんが家を出たのは、父親から逃れるためだ。彼女を家に戻すのは簡単じゃない。そこで考えついたのが、ストーカー騒動さ。恵さんをとことん追い詰め、東京にいられなくする。彼女としては、実家に帰るしかなくなる」

「面白い推理だ」

「あんたたちは、恵さんの経歴を調べた。例のバイトのことなんかもね。ストーカーが現われてもおかしくはない、そう確信して行動を起こしたんだ」

「ノーコメント」

「恵さんの家に電話をかけつづけたのも、あんたたちだ。盗撮した写真をネットに載せたのも、ビデオを送りつけたのも、すべて、あんたたちのやったことだ」

「ノーコメント」

「さらには、カムフラージュのためボディーガードまでつけた。北条さんを担当者にするよう進言したのもあんたなんでしょう？　彼に一杯食わせるために。あんたにとって、これは一石二鳥の作戦だったんだ」

「探偵は依頼人に関することは明かせない決まりになっている。何をきいても無駄だ」

「守秘義務を盾にすること自体、認めたようなものですよ」

「どう取ってくれても構わない。だが、一つだけはっきりさせておく。我々と杉本さんをつけ狙ったストーカーとは、何の関係もない」

「この期に及んで、そんなことを？」

出川は、北条の携帯電話をふり上げた。そして、力いっぱい、地面に叩きつける。携帯はまっぷたつとなり、細かな部品がばらばらと飛び散った。

「北条が集めた証拠も、すべて処分済みだ。被害者の証言だけでは、警察は動いてくれんぞ」

表の道を、新聞配達の自転車が通り過ぎていった。駐車場の奥で向き合う二人に、気づきもしない。空はいつの間にか少しずつ白み始めている。

出川は勝ち誇ったような笑みを浮かべ、車のドアを開けようとした。白戸は言った。

「そう思いますか？」

出川の動きが止まる。

野方荘の陰から、北条と恵が姿を見せた。コートの襟に顔をうずめるようにしている恵。北条は彼女を支えるようにしてゆっくりと歩いてくる。

「証拠なら、ここにある」

「何？」

北条の手には、一本のビデオがあった。

「目だし帽の素顔がばっちり映っている。ヤツに一言注意しておくべきだったな。帽子は、階段を上る前に着用するように」

出川の眉がぴくりと動く。

「げ、玄関前のビデオか。まさか、あれを……」

「白戸のアイディアでな。俺の持っている本物とすり替えておいたんだ。近づいてくる男の顔が、ばっちり映っている」

「あのバカが……」

「男のしたことは、不法侵入に暴行、殺人未遂。これがあれば、警察も動いてくれる」

出川が目を細め、白戸の後ろに立つ北条を見やった。

「お、おまえの考えを聞かせてくれ」

「俺の？」

「この件の担当はおまえだ。どうケリをつけるかは、おまえ次第さ」

「それは、どういう意味だ？」

「俺の仕事は、そこのお嬢さんを父親の許に帰すことだ。手段は選ぶなと言われている。おまえがここで身を引いてくれれば、後は俺たちでやる」

殺気だった出川の物言いに、恵は心底怯えているようだ。北条の背に身を隠し、拳を握り締めている。白戸は黙っていられなかった。

「あんた、いい加減にしなよ」

「おまえは黙ってろ。これは、城丸探偵社の問題だ。俺と北条は、社長から金をもらっている。きちんと仕事をこなすのは、当然だろう」

白戸から北条に目を移し、出川はつづけた。

「おまえの持っている証拠品とやらを、こっちに預けてくれ。それでチャラにしようじゃないか」

北条が首を傾げる。

「チャラねえ」

「おまえは今回の仕事を立派に務めた。それでいいじゃないか。このままいけば、おまえはクビだぞ」

出川の顔には、冷酷な笑みが貼りついている。「ここをクビになったら、おまえどうするつもりだ？　前にいた探偵社では社長をぶん殴ったそうだな」

「調査料をごまかしてたんだ。当然だろう」

「あいかわらず、融通のきかんヤツだ。もうこの業界では使ってくれるところなんてないぞ」

「探偵なんて、一人でもできるさ」

北条は恵をかばったまま、その場を動こうとしない。出川とのにらみ合いがつづく。白戸の存在など、忘れ去られてしまったかのように。

やがて、出川が声を荒らげた。

「いつまでこうしているつもりだ？　おまえに選択の余地はない……」

北条の拳が、その鼻先にめりこんだ。白目を剝き、その場に崩れ落ちる出川。

車の後部ドアが開き、若い男二人が飛びだしてきた。気絶している出川をはさみ、北条に対し油断なく身構える。

一触即発。若い男二人の発する殺気は、白戸にもひしひしと伝わってきた。北条といえども、二対一では勝ち目は薄い。

白戸は恵を急かし、後ろへ下がらせようとした。だが、恵は頑としてその場を動こうとしない。

「恵さん、離れていた方がいいです」

恵は首を左右にふる。

「恵さん……」

「お願いだから、もうやめてください。悪いのは私なんです……」

貧血でも起こしたのか、恵がその場にしゃがみこむ。呼吸が荒く、背中が嗚咽に震えていた。

ううっと低い唸り声を発し、出川が意識を取り戻した。吹き出した鼻血で、顔半分が真っ赤に染まっている。

「は、鼻が、折れた……」

憎々しげに北条を見上げ、声を裏返して叫んだ。「こ、こいつをぶち殺せ。二度と仕事ができないようにしてやれ」

だが、若い二人は動こうとはしない。構えを解き、じっと出川を見下ろすだけだ。

「な、何をしてる。早く……」

右側に立つ男がつぶやいた。

「あんたには、ついていけねえ」

二人は出川の両脇に手を入れ、一気に抱え上げた。

「お、おい、何してる。こら、下ろせ」

出川は必死に手足をばたつかせるが、屈強な二人は物ともしない。そのまま、車の後部座席に放りこんでしまった。出川は口から泡を飛ばしながら、叫びつづけている。

「このことは報告するからな。おまえら、全員、クビだ」

二人は白戸たちの方をふり向きもせず、車に乗りこんだ。出川の罵詈雑言を、エンジン音がかき消した。

ライトもつけず、車はゆっくりと駐車場を出ていく。

午前五時。住宅街に、いつもの静けさが戻ってきた。

北条が白戸の肩を叩いた。

「世話になった。おまえ、見かけによらずタフなんだな」

「北条さんこそ。これで安心ですね。ホッとしました」

「油断するのはまだ早い。杉本さんの親父が、これであきらめるとは思えない」

「何ですって？」

「別の探偵社に依頼を持ちこむかもしれん」

「そんな……」

「変なことに巻きこんで悪かったな。もうここまででいい」

北条は鼻の頭をかきながらつづけた。「それと、支払いのことなんだが、探偵社をクビになっちまったんで、持ち合わせがないんだ。少し待ってくれないか」

「お金のことなんていいんです。でも、北条さんこそ、これからどうするんです？」

「恵さんのガードをつづけようと思うんだ」

「え？」

北条の顔がやや赤くなった。

「安全が確認されるまで、そのう、彼女の傍にいてやりたくてな」

「あ……」

「出川程度のヤツにきりきり舞いさせられた俺だ。守りきれるかどうか判らんが……」

「大丈夫ですよ、北条さんなら」

「そう思うか？」

「ええ」

北条はうずくまったままの恵を立たせ、アパートに向かって歩き始めた。恵は憔悴しており、まだ顔色も紙のように白い。だが、北条に支えられたその足取りは、少しずつ確かなものへと変わっていった。

青白く染まる空の下、二つの影がアスファルトに伸びる。

後を追うのも躊躇《ためら》われ、白戸はそのまま駐車場に残った。地面には、粉々になった携帯電話が転がっている。

部品を拾い集めるべく、白戸がかがみこんだとき、二〇四の部屋に明かりが点った。

ショップリフター

1

試着室の鏡の前で、白戸修《しらとおさむ》は首を傾げた。入社式用に買った紺色のスーツ。三日前に裾上《すそあ》げを頼み、今日取りにきたのだが……。

試着室のカーテンを開け、店員を呼んだ。

「あの、すみません」

ネクタイを並べ替えていた店員が、そそくさと寄ってくる。

「ご試着の方はいかがでしょう」

「それなんですけど……」

白戸は足許を指さした。下を向いた店員の目がぎょっと見開かれる。

「あら……」

ズボンの裾は、白戸の膝の下、十センチほどのところで終わっていた。店員の顔が少しずつ赤くなっていく。笑いをこらえようとしているのは明らかだ。

間の悪いことに、靴下の親指部分には巨大な穴が開いていた。我慢の限界を超えたのか、店員は吹きだした。

「そ、それは……くっくっ」

「あの、笑ってる場合じゃないんですけど」

「も、申し訳……くっ、げほっ」

笑いを抑えようとしたあげく、咳きこんでいる。白戸はあきらめて店員が落ち着くのを待った。

店員はハンカチで鼻水をすすり、顔を上げる。

「裾上げの長さを、間違えてしまったようです。本当に申し訳ありません」

「これ、明日の入社式に着ていこうと思ってるんです。今日中に何とかなりませんか？」

「もちろん、何とかいたします。幸い、同じ色の在庫もございますので、至急、やり直しさせます」

「お願いします」

「ただ、お時間を二時間ほどいただけますでしょうか」

「いいですよ。待ってます」

やらねばならないことはいろいろとあるのだが、やむを得ない。ズボンを脱ぎ、試着室を出る。

中野駅南口にある丸三デパート。店は、その五階にある『激安のキクマ』である。天井からは「激安、激安」と書かれた看板がいくつもぶら下がっている。

丸三デパートは創業三十年。徹底した経費の切り詰めと激安商法で、この不況下にも着々と売り上げを伸ばす優良店だ。事実、平日の昼間だというのに、店内はどこも人でごった返している。

　サイズを計り直した後、引き換え券をもらう。

「今、二時ですから、四時までには間違いなくご用意しておきます。申し訳ございません」

　店員はそれだけ言うと、あたふたと店の奥へ消えていった。

　フロアーの大部分を占めているにもかかわらず、『激安のキクマ』には店員が数人しかいない。そのため、今もレジ前には長蛇の列。試着室の前にも、数人がたむろしている。激安を実践するために、人件費を抑えているのだろう。

　白戸はこみ合う店内を抜け、エスカレーターへと向かった。

　こんなことなら、近場の店で買っておけばよかった。歩きながら、ため息をつく。

　白戸が『激安のキクマ』を知ったのは、ポストに入れられた広告チラシだった。「新入社員の皆様へ特別価格！」「激安、激安のキクマ」。そんなチラシがほぼ毎日、ポストに入っていたのだ。入社式を控えた白戸にとって、そのチラシはまさに渡りに船だった。中野という場所が気にはなったが、激安には代えられない。有り金すべてをかき集め、白戸は「激安のキクマ」へとやってきた。

　たしかに、すべてが安かった。近所の安売り紳士服店と比べても二割近く安い。白戸は迷うことなく、一番安いスーツを買った。それが三日前である。裾の直しを頼み、それが今日仕上がってくるはずだったのだが……。

　まあ、悔やんでも仕方がない。売場をぶらぶらしていれば、二時間くらいあっという間だろう。エレベーター横にある案内板を見ようと、白戸は立ち止まった。

「やあ」

男が一人、白戸の前に飛びだしてきた。濃紺のスーツに白いシャツ、そこにエンジのネクタイを締めている。背筋をぴんと伸ばし、馴れ馴れしい口調で話しかけてきた。

「奇遇だね。君もスーツを買いにきたのかい？」

「向山《むこうやま》君……」

「明日は、記念すべき初出社か。さぞ、いい気分だろうね」

向山剛《つよし》。世界堂の就職試験で、白戸と共に最終面接まで残った男である。

白戸が出版社の就職試験を受けたのは、ただの成り行きだ。入社試験の日程がたまたま空いていたからにすぎない。読書が好きなわけでもない白戸にとって、出版社は就職の選択肢に入っていなかった。

世界堂から最終面接の呼びだしがあったとき、白戸は計十四社の就職試験に失敗していた。毎日のように送られてくる不採用通知を手に、呆然としていた矢先の電話である。

どうして自分がそこまで残れたのか。釈然としないまま、白戸は会場である出版社のビルへと出向いていった。

最終面接には計十人の男女が残っていた。採用枠はわずかに二人。面接は単独で行われる。一人一人、名前を呼ばれ部屋へ入っていくやり方だ。待合室を包む異様な緊張感。そんな中でも、白戸は比較的冷静でいられた。そもそも、自分がこの場所にいること自体、何かの間違いかもしれないのだ。

面接の時間は一人十分から三十分の間。終わった人間はそのまま帰っていく。待合室の人数は徐々に減っていき、気がつけば白戸ともう一人だけになっていた。

白戸の前に座るもう一人の男は、じっと目を閉じたまま動かない。短く刈り上げた髪、皺一つないスーツ、一分の隙もないとはまさにこのことだ。それにひきかえ、白戸の装いはみじめというほかはない。皺だらけのままのスーツ。襟の汚れが目立つワイシャツ。やり方が判らず適当に締めたネクタイ。シェイバーが壊れたため、今朝は髭も剃っていない。

突然、前にいる男が目を開いた。白戸を一瞥《いちべつ》し、うっすらと笑みを浮かべる。そしておもむろに口を開くと、言った。

「君も時間を無駄にしましたね」

「え?」

「そんな調子では、まだ内定一つもらっていないでしょう」

図星だった。白戸は素直にうなずく。相手は口許を弛めたまま、

「なら、こんなところにいないで、他の会社を回った方がいい」

「どういうことです?」

「鈍いな、君は。この会社に入るのは、僕に決まっているからさ」

「はあ?」

「僕はこの会社に入るため、今まで努力してきた。大学三年までここの事業部でアルバイトをしてきたし、編集者養成スクールにも通ってきた」

「編集者養成スクール？　そんなものがあるんですか」

「ふん。そんなことも知らないのか。どうせ、冷やかし半分で受けにきたんだろう」

これまた図星だ。男はわざとらしいため息をつくと、

「ここにいた人たちをそれとなく観察させてもらったけど、大したことはない。やっぱり、採用は僕で決まりだよ」

「はあ」

「まあ、君もあきらめないことだ」

そう言って右手を差しだす。握手を求められていることに気づくまで、かなりの時間を要した。それでも、白戸は相手の手を握り返した。出版社という狭き門をくぐるためには、このくらいの押しの強さが必要なのだろう。単純にそう思ったからだ。握手をしながら、男はふんと再度鼻を鳴らした。

「君、お人好《よ》しって言われない？」

「ええ。よく言われます」

「やっぱりね」

手を離したとき、扉が開いて女性が顔をだした。

「向山剛さん、どうぞ」

男の背筋が物差しでも突っこんだかのように伸びた。もはや白戸の方を見ようともしない。自信満々の足取りで部屋を出ていく。

「向山剛……」

強烈な印象とともに、その名前は白戸の脳裏にインプットされた。

一週間後、白戸の許に採用を告げる電話がきた。社に赴くと、もう一人の採用者を紹介された。それは女性で、向山ではなかった。彼は落ちたのだ。

白戸の前に、向山が再び姿を見せたのは、採用が決まってからさらに一週間ほどしてからだった。午前二時、白戸の住むアパートを訪ねてきたのだ。どうやって住所を調べたのか、今もって謎である。

玄関前に立った向山は、酩酊していた。強烈な酒の臭い。皺だらけのスーツに、ボタンの取れたワイシャツ。ほどいたネクタイを首にかけている。

「お、おまれのせいだぞっ」

呂律《ろれつ》の回らぬ口で、向山は喚《わめ》き立てた。「お、おまえのせいで、オレは……」

白戸に摑みかかろうとするが、足がうまく動かない。そのまま廊下に倒れこむ。

「だ、大丈夫ですか」

「さわ、さわるな」

助け起こそうと伸ばした白戸の手をふりほどき、向山は喚きつづけた。

「い、今に見てろ。おまえなんか、おまえなんか……」

四つん這いのまま、廊下を進んでいく向山。白戸は後を追いかける。

「ちょっと危ないですよ。家まで送っていきます」

「うがー」

向山は白戸を突き飛ばし、意味不明の言葉を叫びながら、夜道を駆けていった。道沿いの家々に明かりが点《とも》る。これ以上の紛糾を避けるため、白戸は慌ててアパートに戻った。明日、両隣の住人に詫びておいた方がいいだろう。

「まったく……」

酩酊していたとはいえ、向山の行動は明らかに白戸への逆恨みである。世界堂への入社失敗を白戸のせいにしているのだ。

――でもあいつ、就職どうするのかな。

部屋のまん中で大の字になりながら、白戸は思った。


「どうしたんだい、こんなところで」

微笑もうとしたが、口の筋肉がうまく動かない。対する向山はほがらかだ。

「偶然さ。僕も買い物にきたんだ。六階の紳士服売場にね」

激安を売り物とする丸三デパートにあって、六階だけは、なぜか高級志向の売場になっている。骨董品《こっとうひん》、絵画、着物から高級紳士服まで。経営者の独断で始めたとのことだが、開業以来赤字がつづいており、今年中に電器店へと改装されるらしい。

向山は得意げに胸を張る。

「『ポールスミス』さ」

平均的な値段は『激安のキクマ』のものにゼロを一つ加えたくらい。いや、一つでは足りないかもしれない。

見下したような薄笑いを顔に張りつかせ、向山はつづけた。

「帰ろうとしたときに、君の姿が見えてね。あの激安店から出てくるところを」

激安店という部分を特に強調する。「それで君、どんなスーツを買ったんだい?」

白戸はさきほどの経緯を説明した。向山はときおり笑い声をあげながら聞いている。

「君にお似合いの店だ」

「これから二時間ほど、潰さなきゃならないんだ」

「ふん。先が思いやられるな。ま、せいぜいがんばってくれよ」

白戸の肩に手を置くと、向山はそのままエレベーターホールへと歩きだした。

白戸は反対側、エスカレーターの方へと向かった。できることなら、二度と顔を合わせたくない相手だ。

それにしても、あいつ就職決まったのかな。他人事ながら心配になる。スーツを買いにきたと言っていたから、一応、就職できたとみるべきなのか。

わずか数分一緒にいただけなのに、ひどく疲れてしまった。どこか座るところはないかとあたりを見回すが、休憩所らしきものはどこにもない。

時計は午後二時二十分。まだ一時間半以上ある。

仕方なく、白戸はエスカレーターに乗った。四階にはCDショップがあったはずだ。そこならしばらく時間を潰せるだろう。


エスカレーターを降りると、真正面がCDショップになっている。入り口付近には新譜コーナー。制服を着た女子中学生と思しき一団が、その前に集まっていた。学校帰りにしては早すぎるな。そんなことを思いつつ、洋楽の置かれている奥の棚へ移動する。

店内はあいかわらずの混雑ぶり。棚と棚の間のわずかなスペースを、縮こまるようにして歩いていく。スーツ姿のサラリーマン、買い物袋をさげたおばさん。誰もが黙々と商品を選んでいる。白髪の老人が、「ごめんなさいよ」と言って白戸の前を通り抜ける。その老人を押し退けるようにして、ピアスをした若い男が奥へと入っていく。

人を避けているだけで疲れてしまう。白戸は比較的人の少ないクラシックコーナーへ移動した。棚の前に立ったとき、背後に視線を感じた。ふり向いたものの、それらしい人は見当たらない。皆、商品を選ぶのに夢中だ。

ふと視野にひっかかったモノがあった。棚をはさんだ向こう側、落語、講談などの置かれているコーナーにいる中年の女性だ。二、三枚のCDを手に持ち、ゆっくりと移動していく。だが、周囲を見やる目つきの鋭さは、尋常でない。

視線の主はあの人？　白戸は、おばさんの様子をそれとなく眺めやった。白いセーターにベージュのジャケットをはおっている。服装だけ見れば、これといって変わったところもない、どこにでもいるおばさんだ。

おばさんは白戸を見ることもなく、今度は新譜コーナーのあたりを見始めた。気のせいか。釈然としないものを感じながらも、白戸は棚に目を戻した。

店内を一周し、時計を見る。まだ二十分しかたっていない。

新譜の視聴コーナーは依然として、女子中学生の集団でいっぱいだ。

あきらめて店を出ることにする。この階には本屋もあったはずだ。そこで立ち読みでもしよう。

突然、ピーッという不快な電子音がフロアー中に響きわたった。周囲の喧騒が一瞬やみ、皆の視線が白戸に集中する。電子音の発信元が自分であることに、しばらく気づかなかった。いったい何が起きたんだ？　最初に思いついたのは、先日買ったばかりの携帯電話だ。バッテリーが切れたか、故障でもしたのか。

ズボンの尻ポケットから携帯を取りだす。それでも、電子音は鳴りやまない。携帯ではないのだ。

いつの間にか、白戸を囲むようにして人垣ができている。

「何なんだよ……」

白戸はズボン、ジャンパーのポケットを確認した。ジャンパーのポケットに四角く硬いものが入っていた。取りだして見ると、ＣＤである。白いタグと値札はついたまま。特別定価一九八〇円とある。

「お客さま」

背後からやさしく声をかけられた。「すみませんが、私とご一緒していただけますか」

ふり向いた白戸の前に、あの目つきの鋭いおばさんが立っている。だが、白戸には彼女の言葉の意味が判らない。

「え?」

「こんなところにいつまでも立ってるわけにいかないでしょ。さ、こっちにきて」

おばさんが手首を摑んだ。口調こそ丁寧だが、有無を言わさぬ強硬な態度だ。

「ちょっと、待ってください」

電子音は、いつの間にか鳴りやんでいる。しかし、周囲の人垣は一向に小さくならない。白戸とおばさんのやりとりを、皆、好奇の目で見つめている。

「私は、この店の保安員です。とにかく一緒にきて。このままだと警備員を呼ぶことになるわ」

「警備員?」

「だからお願い。こっちにきて話を聞かせてちょうだい」

「話って……いったい何のことです?」

「あなたが手に持ってるものについて、聞かせてもらいたいの」

白戸の右手には、一枚のCDが握られている。

「これって……」

「言わなくても判ってると思うけど、万引は犯罪なのよ」

2

「すると、あなたは盗んでないって言うのね」

おばさんにジッと見つめられ、白戸はゴクリと唾を飲みこんだ。

白戸が連れてこられたのは、「保安室」。四階の従業員扉をくぐり、搬入路を五メートルほど行ったところにある小部屋だ。

部屋のまん中には、使い古された机が一つ。そこに問題のCDが載っている。

白戸とおばさんはパイプ製のイスに座り、向き合っていた。おばさんが動くたび、錆びたパイプイスが軋《きし》みをあげる。

「盗んでない――。万引した人は、たいてい、そう言うのよね」

「信じてください。僕、CDなんて盗んでいません」

「でも、CDはあなたのポケットにあったのよ」

「何かの間違いですよ。そんなものを、ポケットに入れた覚えはないんですから」

おばさんはふっと肩の力を抜き、白戸に微笑みかけた。

「あなたがお店を出ようとしたとき、嫌な音がしたでしょう。あれ、何だか知ってる?」

白戸は黙って首を横にふる。

「万引防止用の装置なのよ。お店にあるCDには、すべて小さなタグがつけられている。これよ」

おばさんはCDを手に取り、ケースの角に取りつけられたプラスチックのタグを指した。

「ここから微弱な電波が出ていてね、商品を持ったままゲートを通ると、そこに設置されたアンテナに反応するの」

店の出入り口に設置された小さなゲート。あれは万引防止用のものだったのだ。

おばさんは穏やかな口調のまま、つづける。

「ふつうは、レジでお金を払うときに、はずしてもらうんだけど……」

意味ありげに、白戸を見る。

「だから、僕は盗んでません。本当です」

「あなた、お店に入ってから約二十分、何も買わずただ店内をぐるぐる回ってたわね」

その指摘に、白戸はぎょっとする。あのとき背中に感じた鋭い視線。彼女はやはり自分を監視していたのだ。波立つ心を落ち着かせ、白戸は初めから説明した。スーツのこと。二時間も時間を潰さねばならないこと。そのため何も買う気はなかったが店に入ったこと。

おばさんは一言も口をはさまず、じっと聞いている。その表情からは何も読み取れない。

「CD一枚くらい買うお金なら、持っています。わざわざ盗んだりしません」

「お金を持ってない人だけが、万引するってわけでもないのよ。十万近く財布に入れている人が、百円のガムを盗《と》ったこともあるわ」

　穏やかそうな外見とは裏腹に、おばさんの追及はますます厳しくなる。白戸は途方に暮れた。

「とにかく、僕は万引なんてしていないんです」

　おばさんは口を真一文字に結んだまま、しばらく白戸の顔を見つめていた。デパートの中とは思えない静寂。館内放送の声が遠く聞こえてくる。

「お客さまのお呼びだしをいたします。地下食品売場で、詰め合わせギフトBをお買い求めいただきましたお客さま、お近くのレジカウンターまでおこしください」

　それを聞いたおばさんの眉がぴくりと動いた。

「やられたわ」

「え？」

　白戸の問いかけを無視し、おばさんはショルダーバッグから携帯電話を取りだした。すばやく番号をプッシュする。

「私だけど、保安室にいるの。ええ、放送を聞いたわ。犯人は逃げたのね。そこの担当は優《ゆう》子《こ》さんでしょう。何をしてたの？」

　デパート内にいる別の保安員と連絡を取り合っているらしい。相手の報告を聞きながら、おばさんは顔をしかめる。

「写真集を五冊？　大損害だわ。ペナルティーものね。ええ、判ったわ」

おばさんは携帯を切り、視線を白戸に戻した。目つきがいくぶん、穏やかになっている。

「あなたの言うこと、信じるわ」

「え？」

「あなたが嘘を言ってるとは思えない」

「はあ……」

突然の変わりように、白戸は気抜けしてしまった。おばさんは机上のＣＤを手に取ると、

「今の放送、実は暗号になってるの。ギフトＢは万引の符号よ。地下食品売場はこの階の本屋を表してるの。レジカウンターへおこしくださいは、犯人に逃げられたってこと」

「暗号ですか？」

「そう。本屋でごっそりやられたみたい。あなたは、囮《おとり》として利用されたようね」

「囮ですか？」

「そう。何者かがあなたのポケットにこのＣＤを入れたの。出口で捕まるよう、タグをつけたままね」

「そ、そんな。いったい何のために？」

「保安員を見つけるためよ。やられたわ」

おばさんは、着ているジャケットを示しながら言った。「ＣＤショップと本屋は万引のターゲットになりやすい。開店中は常に保安員が見回ってるわ。お客に交じってね」

客に変装し、万引犯を捕まえる保安員。最近ではテレビなどでも取り上げられることが多

く、その存在自体は白戸も知っていた。

おばさんは小さく吐息をつき、

「万引も常習犯となると、一筋縄じゃいかないの。犯行に及ぶ前に、保安員の有無を確かめようとする。その手段として、囮を使うの。ぼんやりしてる人のポケットに商品を入れて、わざと捕まえさせる」

ひどい言われようだが、事実なのだから反論のしようがない。店内をぶらついていた白戸は、恰好のターゲットであったわけだ。

「あたしとしたことが、迂闊《うかつ》だったわ。実を言うと、最初から、あなたに目をつけていたのよ」

「僕にですか？」

「店をぶらついている様子がね、ちょっと不自然に見えたものだから」

「すみません。ただ、時間潰しをしていただけなんですけど」

「謝ることはないわ。こっちこそ、ごめんなさいね。余計なことで時間を取らせて」

「いえ、どうせ時間はありますから」

それを聞いたおばさんの目がぎらりと光った。

「それなら、一つお願いがあるんだけど」

余計なことを言ったと後悔したが、もう遅い。立ち上がろうとした白戸は、あらためて座り直すはめになった。

「な、何でしょうか……？」

「CDショップにいたときのことを思いだして欲しいの。特に、あなたの周りにいた人たちについて」

「そ、そんなの無理ですよ。人の顔を見ながら歩いていたわけじゃないですし」

「ポケットにCDを入れたということは、あなたにかなり接近していたということなの。あなたは、犯人とすれ違っているはずよ」

記憶に残っているのは、白髪頭の老人と、ピアスをした若者くらい。白戸は二人の顔だちを述べた。

「その調子よ。もっと思いだせない？」

「これ以上はちょっと……」

「思いだすのが無理なら、もう一度売場に戻ってくれないかしら」

おばさんはなかなかあきらめようとはしない。何としても、白戸の協力を得たいらしい。

腕時計は午後三時ちょうど。どちらにしても、あと一時間はどこかで時間を潰さねばならないのだが……。白戸は半ば自棄《やけ》になり、首を縦にふった。

「判りました、協力はしますよ。でも、僕なんかに何ができるか……」

「ありがとう、助かるわ」

おばさんが微笑んだとき、保安室の扉が開いた。顔をだしたのは、屈強な大男である。紺色の制服に、黒い鍔《つば》つきの帽子を被っている。警察官のような服装をしているが、このデパート専属の警備員のようだ。

「あれ、また一人で取り調べですか。店長に知れたらことですよ。必ず二人以上でやれって、今朝も念を押されたじゃないですか」

「一人の方がうまくいくのよ」

「そりゃま、検挙率ダントツなんですから。店長もあんまりきついことは言えんでしょうがね」

そう言いながらも警備員は、白戸の方に好奇の視線を向けてくる。机の上には例のCD。何ともバツの悪い光景だ。おばさんは指で机をコツコツと叩きながら、

「それで、何か用？　本屋で写真集をやられたそうだけど」

男は帽子を取り、乱れた髪をなでつける。

「いつもの手口ですよ。あれは、集団できてますね。間違いなくプロだ」

「万引にプロもアマもないわ。用件があるなら、早く言ってちょうだい」

「店長からの連絡で、午後四時からの予定だったタイムサービス、三十分ほどくりあげるそうです」

おばさんは立ち上がった。勢いでイスが後ろに倒れる。

「冗談じゃない。まだ保安員が配置についていないのよ。そんなときに始めたら、万引してくださいって言ってるようなものじゃない」

「客の出足が予想よりいいらしいんですよ。店長が舞い上がってて……」

「とにかく、今いる保安員にがんばってもらうしかないわね。ただでさえこのデパートは、万引しやすいって言われてるんだから。せめて、大物狙いだけでも捕まえて」

「判りました」

男は帽子を被り直し、出ていった。扉を閉める寸前、小馬鹿にしたように肩をすくめてみせる。

むろん、おばさんが見逃すはずはなかった。

「ちょっとは身を入れないと、あんたら全員クビだよ」

おばさんは腕組みをしたまま、じっと何やら考えこんでいた。そして間もなく、

「やっぱり、あなたの協力が不可欠だわ」

たかが万引と軽く見ていた白戸だが、警備員とのやりとりを耳にして、少々腰が引けてきた。

「あのぅ、ここの万引って、そんなにすごいんですか？」

「すごいなんてものじゃないわ」

おばさんはバッグから煙草を取りだし、火をつけた。目を細め、うまそうに煙を吸いこむ。

「週に一度、ここはタイムサービスってのをやるの。制限時間中は全品半額とかね。客寄せのお祭りみたいなものよ」

タイムサービスの光景は、白戸もテレビで見たことがあった。マイクを持った店員が商品と値段を連呼、それにつられて客たちがどっと押し寄せる……。食料品の場合、キャベツ一

円とかそんなものまであった。

「すごいなあ。ネクタイとかワイシャツも安くなるんですか？」

「サービスを実施するのは、一階と二階だけ。つまり、婦人服と化粧品だけよ。とにかく、余計なことは考えないで。今はそれどころじゃないんだから」

それどころじゃない状況に巻きこんだのは、あんたじゃないか。喉まで出かかった言葉を何とか飲みこむ。そんな白戸の思いを無視し、おばさんは言った。

「ぐずぐずしてられないわね。あなた、すぐに売場へ出てちょうだい」

「え……、すぐに？」

「私はヤツらに顔を見られている。だから迂闊なことはできないの」

「ですが、僕も顔を見られてますよ」

「一度囮にされた人間が、保安員だとは誰も思わないでしょ。そこがつけ目よ。あなたは客として、またフロアーをうろついていればいいの」

「自信ないなあ」

「そんなこと言わないで。あなただけが頼りなんだから」

都合のいいときだけ、頼りにされても困る。

「だって、僕、万引の仕方も知らないんですよ」

「あなた、携帯電話持ってるでしょ？」

白戸は、先日買ったばかりの携帯を取りだした。

番号を聞いたおばさんは、自分の携帯に登録する。

「これで指示をだします。売場の状況なんかはすべて頭に入っているから、現場に行かなくても指示はだせるわ。それに従って、各売場を回ってちょうだい。その過程で、あなたに濡れ衣を着せたヤツが見つかるかもしれない」

いよいよもって大変なことになってきた。どうして、いつもいつもこんなことに巻きこまれるのか。白戸は携帯の液晶画面を見つめながらため息をついた。

「そんな顔しないで。大丈夫、指示通りに動けば、あなたにも万引犯の動きは判るはずよ。万引を確認したら、私に言って。他の保安員に連絡して、捕まえさせるから」

「はあ……」

「手順が理解できたら、現場に行ってくれる？　とりあえず、この階の本屋から始めてちょうだい」

「あ、あのぅ……」

「何？　このフロアーに戻るのは嫌？」

「そうじゃないんです」

「ならさっさと行って」

「その前に、お名前だけでも教えてもらえませんか？」

「え？」

「名前です。僕、まだあなたの名前を知らないんです」

おばさんは一瞬、きょとんとした顔で白戸を見つめていたが、

「ああ、まだ名乗ってなかったかしら。深田《ふかだ》よ。深田重子《しげこ》」

3

『ブックセンターむさし』の雑誌コーナーは、立ち読みをする人で混雑していた。平日昼間だというのに、どこから人が集まってくるのだろう。

店の少し手前、階段の踊り場付近に立ち、白戸は携帯を耳に近づけた。深田の声が聞こえる。

「『むさし』は、セキュリティシステムが完備されていないの。だから、狙われやすいのよ」

万引しやすいとの噂が流れると、被害額がはね上がると深田は言っていたが、これだけの人の中から、万引犯を見つけることができるのだろうか。よしんば見つけたとして、白戸にその対応ができるものなのか。

「もしもし、白戸君、聞いてる？」

「あ、すみません」

「狙われやすいのは、写真集とコミックスよ。とりあえず、そこから始めてちょうだい。コミックス売場は店の奥よ。立ち読みしている人は、気にしないで」

白戸は言われた通り行動する。携帯は通話状態にしたまま、胸ポケットに入れた。人の間

をすり抜けるようにして、奥へと急ぐ。

コミックスコーナーは意外にも空いていた。若い男が二人、ぼんやりと棚を見つめている。あとは制服姿の女子が三人、少女コミックスコーナーでひそひそ話をしているだけだ。

白戸は携帯を取りだした。

「着きました。でも、それらしい人はいないです。いるのは、男二人に女子中学生が三人だけで」

「五人の中に、大きな袋を持っている子はいる?」

「いません」

「そう。他のコーナーはどう? 何となく不自然な恰好をしている人はいない? 特に大きな鞄をさげている人」

白戸は左隣にある文庫本コーナーに目を移した。スーツ姿の男が数人、品定めをしている。その奥に、制服を着た少女が見えた。コミックスコーナーにいた三人と同じ制服だ。彼女は、その華奢な体には不釣り合いなほどの大型バッグを、肩からさげている。

「文庫本コーナーにいました。中学生のようです」

「目を離さないで」

深田の言葉が終わらないうちに、少女はコミックスコーナーに移動し始める。

肩のバッグには何も入っていないようだ。

白戸は文庫の棚に身を隠しつつ、彼女の動きを追う。少女と入れ替わりに男二人が、棚の前を離れた。コミックスコーナーには、中学生四人だけになる。

かたまっていた三人が、バッグを持った少女に近づく。彼女をまん中に入れ、その姿を隠すように周囲を取り巻いた。カツアゲでも始まったのかと思ったが、そうではないらしい。まん中の少女は棚からコミックスを取り出し、それをバッグの中に詰めこんでいく。まさに手当たり次第だ。

「ふ、深田さん……」

「慌てないで。傍に店員はいない？」

白戸は周囲を見た。数少ない店員は、レジ打ちに忙殺されている。文庫本コーナーにいる男性たちも、目と鼻の先で行われている大胆極まりない「窃盗」に気づいてすらいない。

「どうしましょう」

「声をかけてはダメよ。店内にいるうちは万引は成立しない。必ず、店を出てから声をかけるの」

バッグ内には相当数のコミックスが詰まっているはずだ。重みで少女はふらふらしている。両側にいた二人がそれとなくバッグの端を持つ。

ファスナーを閉め、歩きだす四人。無邪気に笑い合いながら、レジの前を通過していく。まるで、何ごともなかったかのように。

「どうします？　店員に言いますか？」

「大丈夫、あとは別の保安員にやらせるわ」

「え？　でも大丈夫なんですか？」

万引という犯罪は、現行犯でなければ成立しない。従って、捕らえるのは盗んだ品物を持っている場合に限られる。捕まったとき品物を持っていなければ、保安員の方が窮地に陥ってしまう。そうした問題がこじれ、逆に店の側が告訴されたという事例を、白戸も知っていた。

中学生たちに声をかけるのなら、白戸も現場にいた方がよくはないか。そう考えたのだ。しかし、深田はあっさりと言ってのけた。

「今のは、ほんのウォーミングアップよ。タイムサービス中は、こんなものじゃないわ。そのへんのとこ、覚悟しておいてね」

「今さらそんなこと言われても……」

「午後三時から六時までがタイムサービス時間だけど、いつ始めていつやめるかは、売場の責任者が独自の判断で決めるの。私たちにもそれは判らない。始まったら、スピードが勝負よ。万引犯に後れを取らないで」

「はあ……」

「それと、万引犯を見つけたら、それとなく顔を見て。CDショップであなたに近づいた人間がいないかどうか。その見極めをするのも、重要な任務なんだから。タイムサービスが始まるまで、階段のところで待機していてちょうだい。携帯を鳴らすから」

もう引き返すことはできないらしい。深田に協力すると言ったことを、白戸は早くも後悔し始めていた。そもそも、万引犯に間違えたのは向こうなのだ。どうして自分がこんなことをしなければならないのか。

「おっと」

痩せた長身の男性とぶつかりそうになり、慌てて身を引く。相手の男は軽く会釈《えしゃく》をして、早足で歩き去った。

階段の踊り場には、トイレと喫煙コーナーがあった。壁にもたれ、ぼんやりと「指令」を待つ。

このまま逃げてしまおうか。そんな考えが頭に浮かんだ。万引犯と間違えられた自分は、被害者なのだ。その気になれば、深田たちを訴えることもできる。

「このまま逃げちまおう。今、そう考えてたでしょう」

女子トイレから、深田が出てきた。呆気に取られている白戸を前に、ニヤニヤと笑ってみせる。

「トイレでこれを見つけたわ」

深田の手のひらには、数枚の値札が載っていた。五千円から一万円のものまである。そのうちの一枚を手に取り、白戸はきいた。

「これって、値札ですよね。どうしてトイレに？」

「商品から剝ぎ取られたのよ。決まってるでしょう。万引してきた品の値札を、トイレの中で剝がす。よく使われる手よ」

値札を剝がしてしまえば、それが売り物だったという証拠はなくなる。家から持ってきたものだと言われてしまえば、反論できない。

「トイレにこれだけの値札があったということは……」

「この時間までに、相当数やられてるわね。外国人の万引常習犯たちの間で、丸三デパートが何と言われているか知ってる？」

「いえ」

「万引犯《ショップリフター》の天国よ。セキュリティが甘いから盗り放題。ひどいものだわ」

「そうなんですか……」

「デパートで捕まる万引犯は、月平均約九人。ただし、各店の被害額なんかで考えると実際はその十倍から十五倍はいると思われるわ。つまり実際には、九十人から百三十人くらいの万引犯がいるってことになるの。ここの去年の被害額、売り上げの一・五パーセントなのよ。チェーン店なんかだったら、店長はクビね」

階段付近は、あいかわらず人通りがない。嵐の前の静けさ、そんなところか。深田はつづけた。

「本屋なんかひどいものよ。店の粗利はわずか二割。万引された一冊の損害を取り戻すには、四冊から五冊の本を売らなければならない。今日は写真集をやられてるでしょう。もう大変だわ」

「でも、それを防ぐために保安員を雇っているんじゃないんですか？」

「保安員も万能ではないわ。これだけの売場面積をカバーするには、どうみても人数不足よ。設備投資をケチってるから、防犯カメラもなし。固定費削減で店員の数を減らしたでしょう。それが余計に万引を助長してるのよ。店員の目が行き届かないから」

たしかに、CDショップでも本屋でも、店員はレジをさばくのに手いっぱいで、客に目をやる暇などなさそうだった。

深田は値札をポケットに入れた。

「あたしたち保安員がいくらがんばっても、被害額は減らない。それがくやしくてね。常習犯グループを一網打尽にして、万引天国の汚名を返上したいのよ」

その気迫に押され、白戸は何も言えなくなった。ピーンポーンというチャイムがフロアー中に鳴り響いたのは、そのときだった。甲高い男の声がつづく。

「さあ、みなさまお待たせいたしました。いよいよ、タイムサービス開始のお時間です。本日はどんな品物が出てまいりますか。どうぞお楽しみに」

深田が白戸を見上げ、言った。

「いよいよ、始まったわ」

4

アナウンスが終わると同時に、階段を上り下りする人が増えた。そのほとんどが女性である。全身から殺気のようなものを発し、目的の売場に向かって駆けていく。興奮による熱気で、フロアー中の空気が緊迫していくのが判る。

深田に背中を押され、我に返った。

「しっかりしてちょうだい。このくらいで驚いててどうするの」

「す、すみません。こんなの、初めてなもので」

「ひとまず、五階に上がってちょうだい。紳士服売場よ」

「え？　五階？」

白戸はきき返した。タイムサービスは一階、二階で行われるのではなかったのか。

「あなたの役目はタイムサービスを監視することじゃないわ。第一、男のあなたが婦人服売場をうろちょろしていたら、目立ってしょうがないでしょう。自分が保安員だって宣言しているようなものよ」

言われてみれば、その通りだ。しかし、五階紳士服売場に行って、何をすればいいのか。

踊り場でぐずぐずしている白戸に、深田が怒鳴った。

「とにかく、上がって。指示は携帯にするわ」

階段を通る女性の数は、ますます増えていく。白戸ははじき飛ばされないよう注意しながら、そろりそろりと上がっていった。

五階フロアーは閑散としていた。下の騒ぎが嘘のようだ。どの売場にも、数人の男性客がいるだけ。『激安のキクマ』にもいつもの賑わいはない。スーツを選ぶ学生風の男、ネクタイを手に取っては首を傾げている中年男性。

ポケットの携帯が振動する。万一のことを考え、マナーモードに切り替えておいた。

「はい」

「上の様子はどう？」

「閑散としてますよ」

「油断しないで。売場担当の保安員は、みんなタイムサービスに手を取られてる。店員もそうよ。万引常習犯は、そのことをちゃんと計算に入れているの」

なるほど。そう言われてみれば、店員の数が前にもまして少なくなっている。レジカウンターに一人という店舗まである。

「それで、僕はどうすればいいのですか？」

「フロアーをぐるっと歩いてみて。もし見知った顔があれば、連絡してちょうだい。特に注意するのは、二人組」

「二人組？」

「一人が店員の注意をひいて、その隙にもう一人が盗るの。店員の数が少なくなれば、成功率も上がる」

「判りました」

「ただし、現認しても、声かけは絶対にしないこと」

「現認？　声かけ？」

「『現認』は万引の現場を目で確認すること。『声かけ』は万引犯と思われる人に直接声をかけること。とにかく、あなた一人では危険だから、絶対に声かけはしないで」

白戸は電話を切り、携帯をポケットに戻した。カサッという音がする。ポケットの中を見ると、二つ折りのメモ用紙が入っている。

こんなところにメモを入れた覚えはない。訝《いぶか》りながら、紙片を取りだす。広げるとボールペンの走り書きがあった。

『何があっても店から出るな』

どういうことだ？　白戸の頭は混乱した。これは深田による警告だろうか。いや、彼女なら直接口で言えばいいはずだ。こんな回りくどいことをする必要はない……。

万引一味の脅迫か？　白戸に気づかれることなく、ポケットにCDをすべりこませるほどのヤツらだ。紙片を押しこむくらい、簡単なことだろう。だが、このメッセージを書いたのが万引犯だとして、いったい何を言いたいのだろう。店から出るなとは、どういう意味だろう。

一応、深田に報告しておこう。携帯を取りだそうとしたとき、『激安のキクマ』にいる若い男二人が目に留まった。薄汚れたジージャンに、これまたあちこちに染みのついたジーパン。二人とも金色のブレスレットをはめている。

『激安のキクマ』は紳士服のほか、ポロシャツやジャンパーなども扱っている。二人の男は、ワゴンに山積みされた「本日のサービス品」を手に、小さな声で言葉を交わしていた。

少し近づいて、話し声に耳を傾ける。日本語ではない。金のブレスレットが触れ合う、チャリンという音が閑散とした店内に響く。

そのうち男の一人が、レジでぼんやりしていた店員に声をかけた。このときは、流暢《りゅうちょう》な日本語を喋る。

「スミマセン。サイズの大きい服はありませんか」

男の背丈は一メートル八〇はあるだろう。がっしりとした体つきで腕も太い。店員は、おどおどと周囲に目を走らせる。だが、店内に自分しかいないと判り、しぶしぶ立ち上がった。

「こちらへどうぞ」

店の左側、試着室のある方へと誘導していく。ワゴンとは逆方向だ。一人残った男は、慎重にあたりを見回す。白戸は慌てて陳列棚の陰に隠れた。

人気《ひとけ》のないことを確かめ、男は折り畳んだ紙袋を取りだした。ジーパンのウエストにでもはさんでおいたのだろう。

店員がレジに戻ってくる様子はない。

紙袋を広げた男は、ワゴン内のシャツを素早く詰め始めた。袋はあっという間にいっぱいになる。すると、どこからかもう一枚の袋を取りだした。今度は壁に吊ってある靴下だ。片っ端からはずしては、袋に投げこむ。もはや隠そうなどという意識はない。

白戸は、興奮して深田に連絡を入れた。

「深田さん、現認しました。『キクマ』の前です。外国人がワゴンセール中の服を紙袋に詰めてます」

「了解。あなた、もう少し落ち着いた方がいいわ。傍に他の店員はいないの？」

白戸は周囲を見渡す。広大な『キクマ』店内に、それらしい人影はない。

「いません。他の店から応援を呼びましょうか」

「待って。そこで声をかけるのは危険だわ。外国人といえども、店を出るまでは声かけされないことを知ってるはずよ」

「でも、僕が見たんです。一人が店員を引きつけて……」

「それはそうだけど、法律がからむと、そう簡単にはいかないのよ」

「あれは万引なんかじゃありません。窃盗ですよ」

「こんなときに何だけど、万引も立派な窃盗よ。ガムを一個ポケットに入れるのも、紙袋いっぱいにシャツを盗み取るのも、万引であることに変わりはないわ。だから、絶対に声をかけちゃだめ。あとはこっちでやるから」

「でも……」

パンパンに膨らんだ紙袋を手に、男は通路へと出る。周囲の店舗には、暇そうにしている店員が数人。だが、誰一人として、男の大胆な行動に気づいていない。

店員の相手をしていたもう一人も、適当に話を切り上げ、店を出てきた。その顔にはしてやったりという薄笑いが浮かんでいる。

合流した二人は、くぐもった笑い声をあげながら、階段の方へと大股に歩いていく。

深田はああ言うが、現認した限りは何とかケリをつけてしまいたい。店を出たところで、別の保安員が声かけするにしても、やはり現認した人間がその場にいた方がいいだろう。

白戸は一方的に電話を切ると、物陰から忍び出た。このまま二人を逃がすことなんてできない。途中で荷を詰め替えるかもしれないし、別の仲間にブツを手渡す可能性だってある。店を出るときまで、跡をつけてやる。

深田も深田だ。その程度の可能性は当然考慮にいれるべきなのに。

男の持った紙袋が破れ始めたのは、『キクマ』の隣にある靴屋の前にきたときだった。

二人が奇声を発し、足を止める。袋の傷口はみるみる広がっていき、やがて詰めこんだシャツが床に落ち始めた。男たちは何とか拾い集めようとする。

その騒ぎを聞いて、靴屋から店員が飛びだしてきた。

「ど、どうかなさいました……」

店員は即座に、二人の素性を見抜いたようである。「君たち、ちょっと……」

店員は、一人の手首を摑もうとしたが、相手の方がはるかに敏捷であった。手をふりほどき、胸板を正面から突いた。店員はもんどりうって、店内に転がりこんだ。

二人組は紙袋をその場に投げだし、階段方向に向かって駆けだそうとする。だが、連絡がいったのか、制服姿の警備員が二人、階段を駆け上がってくる。

二人組はすばやく反転、今度は白戸の方へと向かってきた。二人が同時に叫ぶ。

「ドケ！」

白戸は、通路のまん中で棒立ちになった。迫りくる二人組の巨体に圧倒され、身動きができない。右側の男は腰を落とし、既にタックルの構えを見せている。正面から当たられたら、怪我だけでは済まないかもしれない。

逃げろ。頭のどこかでそう叫んでいる自分がいる。にもかかわらず、足は一歩も動かない。

ダメだ……。

目を閉じたとき、何者かに襟首を摑まれた。ものすごい力で引っぱられ、背中から床に倒れこむ。そのまま後方一回転。起き上がった目の前を、二人組が駆け抜けていった。

啞然としてしゃがみこむ白戸の前に、髪を赤く染めた若い男が立っていた。

「あんまり世話を焼かせるな」

「は？」

「いいな」

赤毛の男は、そのまま通路を走っていく。めまぐるしく変わる状況に、判断力がついていかない。痛む腰をさすりつつ、立ち上がった。

白戸が引きずりこまれたのは、『キクマ』の向かいにあるスポーツ用品店だった。店員の姿はどこにもない。床にばらまかれたシャツを一緒になって拾い集めているようだ。

深田の言う通り、本当に杜撰《ずさん》な警備体制だ。目の前のスニーカーを白戸が盗んだとしても、誰も気づくまい。

胸ポケットの携帯が震えた。通話スイッチを押したとたん、深田の金切り声が飛びこんでくる。

「ちょっと、どうしたの？　何かあったの？」

「い、いえ……。ちょっとトラブルです。二人組とぶつかりそうになって」

「何ですって？　どういうこと？」

「ヤツらの紙袋が破けたんです。二人は袋を捨てて逃げました。そのときに、危うくはじき飛ばされそうになって……」

深田のため息が聞こえた。

「何てことかしら。すべてぶち壊しだわ」

「すみません……」

「場所を変えましょう。今度は地下に下りてくれる？　携帯は何とか使えると思うから」

「でも、ここにはまだきたばかり……」

「そんな騒ぎのあった場所に、万引犯は現われないわ。早く、移動して。そんなところでうろうろしていると、逆に怪しまれる」

白戸は携帯を切り、小走りに階段へと向かった。スポーツ用品店はあいかわらずもぬけの殻。通路にちらばった色とりどりのシャツを、店員が必死になってかき集めている。まっぷたつになった紙袋と、その横にちょこんと置かれた靴下満載の袋。それらを横目に、白戸は階段を下りた。

5

地下食品売場に、客の姿はほとんどなかった。これもタイムサービスの影響だろうか。地下に下りる途中、階段の踊り場から二階の様子をのぞいてみた。タイムサービスがいかなるものなのか、見てみたかったのだ。

それは、まさに闘いだった。マイクを手にした店員が、「これより四割引き！」と叫ぶ。すると間髪を入れず、隣の店員が半額セール開始を告げる。それら怒鳴り声にあわせ、客たちは右へ左へ、黒い固まりとなって移動する。

あまりの迫力に、白戸は驚きを通り越して恐怖を感じた。あんな中に巻きこまれたら、無事では済むまい。

食品売場の閑散とした状況を見て、白戸はほっと胸をなで下ろしたものだ。

デパートの食品売場といっても、その実態はどこにでもあるスーパーとほとんど変わらない。客はカートを押しながら、カゴに商品を入れ、最後にまとめてレジで会計をする。

白戸は商品搬入口の前で、深田からの連絡を待っていた。

搬入口脇は鮮魚コーナーになっており、刺身のパックが整然と置かれている。

広大なスペースに膨大な商品。しかし、店員の数はわずか。棚と棚の間など死角は山とあり、これでは万引してくれと言わんばかりの状態だ。深田が嘆くのも判る気がする。

ようやく携帯に着信があった。

「今、どこにいるの？」

「鮮魚コーナーの前です」

「いいわ。それじゃあ、まず店内を一周してみましょうか」

「でも、売場はかなり空いてますよ。僕みたいなのがうろうろして、目立ちませんか」

「カゴを持って、中に適当な商品を入れて。買い物客を装うの。保安員にあなたみたいなタイプはあまりいないから、逆にいい目くらましになるわ」

半信半疑ではあったが、ともかく言う通りに動くしかない。白戸はカゴを取り、刺身のパックを中に入れた。

鮮魚の隣は野菜、果物コーナー。段ボールがうず高く積まれ、土のついた大根が顔をだしている。

りんご一パックをカゴに入れ、なおも歩を進める。ときおりすれ違う女性が、みな万引犯に見えてくる。

その先は精肉コーナー。焼肉の実演販売などが行われ、他に比べて人数も多い。肉の焼ける芳しい香りがただよってくる。

白戸は思わず唾を飲みこんだ。入院したり、携帯を買ったりと今月はとにかく物入りだった。おかげで、食費を限界まで切り詰めねばならなかったのだ。肉なんて、しばらく食べていない。

もの欲しそうな様子が顔に出たのだろう。実演をしているマネキンのおばさんが、爪楊枝に刺した肉を勧めてきた。

「一つ、いかがですか。この焼肉ダレ、新発売なんですよ」

白戸は肉を口に入れる。えらく固い筋肉《すじにく》だが、タレの味はなかなかいける。白戸は並んでいるタレの瓶をカゴに入れ、そのついでにもう一つ肉をつまんだ。

固いのでなかなか飲みこめない。噛んでいるうちに携帯が震えた。

「あ、はい、何ですか?」

「何ですかじゃないわ。あなた、何食べてるの?」

「焼肉の実演販売があったもんで、つい……」

「バカね。そんなことして、目立つじゃない。万引犯がどこで目を光らせてるか判らないのよ」

「すみません」

「まあいいわ。それで、不審な人物はいた?」

「いえ、今のところは」

肉の焼ける匂いに気を取られ、それどころではなかったのだが。

そのあたりを読み取ったのか、深田の声は妙に尖っている。

「食品売場の攻防は、もっとも熾烈《しれつ》なの。もう少し気を入れてやってくれなくちゃ」

「は、はあ……」

深田の態度は、だんだんと遠慮のないものになってくる。白戸が足を棒にして歩き回っているのは、深田たち保安員のためなのだが。

「まあいいわ。いったん移動してちょうだい。そうねえ、調味料棚の奥に料理酒のコーナーがあるわ。そこならあまり人目にもつかない。万引のチェックポイントを教えるわ」

携帯を通話状態にしたまま、白戸は移動する。調味料棚はフロアの東側にあった。すぐ先が酒売場になっており、冷蔵棚の前にはビールケースが山と積まれている。ワインブームを反映してか、赤ワインのラックがその横に並ぶ。

料理酒のコーナーは、ビールケースや陳列棚に囲まれた薄暗い所だった。白戸は携帯を取りだし、

「着きました」

「手短に済ませるから、よく聞いて。食品売場の万引でもっとも注意しなければならないのは、『カゴ抜け』と呼ばれるもの」

カゴ……。白戸は手にした買い物カゴに目を落とした。

「それは、どういうものなんです?」

「一度支払いを済ませたあと、もう一度売場に戻って万引をする方法よ。スナックとか惣菜とか安いものだけを先にレジで精算するの。レジで品物を入れるポリエチレンの袋をくれるでしょう。それを持って、また売場に舞い戻るのよ。そして今度は、お目当ての値の張るものを買い物カゴに入れる。入れるだけ入れたら、何食わぬ顔でレジの前を通り過ぎるの。カ

ゴの中には店の袋があるから、ぱっと見た目にはもう精算済みのような印象を与えるのよ。あとは、前にもらった買い物袋に商品を詰めておしまい。常習になると、前もって袋を用意してくるヤツもいるわ」

　こそこそやるより、堂々としていた方がバレにくい。そんな盲点をついた犯行方法だ。たしかにこれなら、難しい技術もいらない。度胸があれば決行可能だ。

「でも、そんなに堂々としているヤツを、どうやって見つければいいんです？」

「これといって具体策はないわ。商品の入った袋を持っているにもかかわらず、売場をうろうろしているヤツがいたら、要注意。それだけよ」

「それだけ……」

「ほとんどの万引はね、商品を直接、袋に落としこむ方法を取るわ。ナイロンの大型バッグを持っている人間も要注意。本屋の万引を見たでしょう？」

「でも、大型バッグを持っている人なんていくらでもいるでしょう」

「判断材料はいろいろあるはずよ。バッグの膨らみ具合を見る手もあるわ。空っぽのバッグを持ってうろうろしている人を見たら、とりあえずチェックしてみて」

　要求も高度になってくる。そもそも、一人前の保安員になるには、少なくとも三年以上の修業が必要だという。一時間ほど前から売場をうろつきだした白戸に、そんなことができるはずがない。

「深田さん、無茶ですよ。そんなことできるわけがない」

「あなたに万引犯を捕まえてくれとは言ってないわ。とにかく、彼らにプレッシャーを与えてくれればいいの。人と目が合っただけで、万引犯はそのまま退散するわ。あなたはそれらしい人を見つけて、目を合わせるだけでいいのよ」

変態と間違われなければいいのだが。白戸の気分は重くなる。

「で、でも……」

「声かけについては、専門の保安員にやらせるから。いい、あなたはどんなことがあっても、声かけをしないこと。常習犯の中には、落ちているレシートを拾って、その通りに万引していくようなヤツもいるのよ」

そうすることの意味は、白戸にも判った。購入したものか万引したものかを判断する一つに、レシートの有無がある。レシートを所持していれば、とりあえず購入したとの言い訳が成り立つのだ。盗んだ商品はそのまま持ち帰って使ってもよし、返品して金を受け取ってもよいのだ。

だが、深田の話はまだ終わらなかった。

「でも、一番気をつけなければいけないのは、常習犯の中に、わざと保安員をひっかけようとする動きがあることなの」

「ひっかける?」

「前にも言ったけど、万引犯の現認に間違いは許されないの。下手をすると、逆に丸三デパートが告訴されかねない。そこをわざと狙ってくるのよ。外で声かけした後、堂々とレシートをだしてくる。その後は、告訴するの何だの、延々くだを巻きつづける。万引犯の中でも一番質《たち》が悪いわ」

そんな連中を相手に、白戸は食品売場をうろうろしているわけだ。

「やっぱり僕……」

口を開きかけたとき、陳列棚の向こうから、様子をうかがう店員の姿に気づいた。物陰でこそこそしている白戸のことを、不審に思ったのだろう。白戸の変化を察したのか、深田が鋭い口調で言った。

「どうしたの?」

「店員の一人が、僕を見てます。物陰に一人でいるから、不審に思われたんだと……」

「まずいわね。すぐにそこを出て。しばらくは携帯も使わない方がいいわね。不審者を見つけたら、連絡してちょうだい」

「わ、判りました」

携帯をポケットに戻し、白戸はそそくさとその場を離れる。店員の眼差しがじっと注がれているのが気配で判った。

駆けだしたくなる欲求をこらえ、何とか精肉コーナーまで戻る。四時半を過ぎ、買い物客の数も増えてきた。

歩きだそうとして、買い物カゴを忘れてきたことに気づいた。調味料棚の前に置きっぱなしだ。取りに戻りたいところだが、またあの店員と顔を合わせたくはない。

カゴは無視することにして、白戸は店内の巡回を始める。

深田の助言を頭の中で反芻しつつ、周囲に目を配る。

気になるのは、やはり「カゴ抜け」だ。だが実際、店の袋を手にしている人は多い。豆腐が二丁入った袋を手にさげ、パンコーナーで食パンを選んでいる女性もいる。長ネギの端が飛びだした袋を持ちつつ、ポテトチップスの袋を抱え歩いていく若い女性。誰に的をしぼればいいのか、まるで判らない。

困惑しつつも歩きつづける白戸の前に、五、六歳と思われる子供が走り出てきた。白戸の脇を抜け、菓子コーナーに駆けていく。母親と思しき女性は、冷凍食品の選別に夢中だ。

何気なくふり返った白戸の目に、チョコレートを手にする子供の姿が見えた。母親のところに持っていき、ねだろうとでもいうのだろう。ところが、子供は白戸の目の前で包み紙をむしり取った。そのあざやかなこと。銀紙を綺麗に取り去ると、おもむろにチョコを食べ始めた。食べながら、包装紙のカスを床に落とし、ご丁寧に棚と床の隙間に足先で押しこんでいく。その間、わずか数秒。菓子コーナーに人もおらず、子供の所行に気づいている者は白戸以外にない。

チョコを食べ終わった子供は、口の周りを手のひらで拭い、何食わぬ顔で歩きだす。呆然とする白戸と目が合った。その瞬間、子供はニヤリと笑い、母親の許めがけて走り去った。

あれが、万引の実態か。白戸はあらためて思い知らされた気がした。商品をその場で食べてしまう。これも一つの手口である。

母親は子供のしたことに気づいているのかいないのか。いっぱいになったカートを押しながら、レジへとつづく列に並んでいる。子供はカートの周りを走りながら、けらけらと笑い転げていた。

この件を深田に報告しよう。そう思い携帯に伸ばした手が止まる。あの子供が万引をした証拠は何になるのだろう？　唯一の証拠である商品は腹の中だ。

白戸の見守る中、親子連れは会計を済ませ、一階へ上るエスカレーターに乗った。あまりの無力感に、白戸は気が抜けてしまった。保安員の人たちは、こんな闘いを毎日くり広げているのだろうか。

惣菜の並べ替えをしている店員の横を抜け、再び菓子コーナーの前へ。スナック菓子をカゴに入れる女性、オマケ付きのラムネをねだる子供。これといって怪しい人はいない。

店内のこみ具合は、いよいよ激しくなってきた。白戸はCDショップでの記憶をたぐり寄せる。ピアスをした若い男、白髪の老人……。やはりそれくらいしか思いだせない。

そんな白戸の目に、気になる人影が映った。並べ替えが終わったばかりの惣菜コーナーで、カートを押した中年女性が、パックされた商品をカゴに入れている。ひじきの煮物、てんぷらの盛り合わせなどなど。白戸が気になったのは、その入れ方だ。それぞれのパックを、カゴの角にあわせ綺麗に積み重ねていく。小さなパックは小さいもの同士、大きいものは大きいもの同士。

白戸はそれとなく女の前を通り過ぎ、手近の棚に身を隠した。よく見れば、女は既に店のマークが入ったポリエチレン袋をさげている。中にはインスタント麺のパックが一セット。

「カゴ抜け」じゃないのか？　白戸は直感的にそう思った。

女はカートを押しながら、ぶらぶらと売場を回っていく。とはいえ、惣菜以外の物に手はださない。ただ、見ているだけだ。ときおり、ちらちらと周囲を警戒するそぶりを見せる。

いよいよ本物だ。白戸は手のひらがじわりと汗ばむのを感じた。深田に連絡を入れたいところだが、今はなるべく無駄な動きをしたくない。焼肉実演販売の前を通る。ここを通るのも、これで三度目。販売員のおばさんも、怪訝そうに白戸の顔を見つめている。

女は焼肉には見向きもせず、やや足を速めながらレジの方へ。

混雑する時間帯を迎え、四つあるレジの前には長蛇の列ができている。女はその中でも一番空いている右端へと向かう。その自然な動作に、白戸はホッと胸をなで下ろした。どうやら、自分の取り越し苦労であったらしい。きちんと精算をするようだ。

だが、女は右端のレジ前でも止まらず、そのまま精米コーナーを横切っていく。そこから、外へと出ようというのか。レジを出たところには、買い物客が商品を袋に詰めるための台がいくつも置いてある。女はその中ほどにするりともぐりこんだ。そして、何食わぬ顔で、カゴの中身を袋に詰め始める。その手つきの素早さから、白戸ですら女が「常習」であることが判った。重ねられたパックを一摑みすると、そのまま一気に袋へ。カゴの中にきちんと積み上げていたのは、詰めこみ作業を迅速に行うためだったのだ。

カゴの中はあっという間に空となり、女の手にはいっぱいに膨らんだレジ袋がさげられている。

白戸は逡巡《しゅんじゅん》した。どうする。深田に連絡を入れるか、それとも女を追い、外までつけるか。

女は重そうに体を揺すりつつ、エスカレーターへと向かう。ダメだ。深田に連絡する暇はない。白戸は陳列棚から身を起こし、エスカレーターに近づいた。突然、女がふり向いた。最悪のタイミングだった。追跡のため一歩を踏みだした白戸とばっちり目が合った。

感電でもしたかのように、女の全身が強ばる。白戸の動きからすべてを悟ったのだ。

女はエスカレーターをやめ、階段へと走りだした。手に持っていた袋を、カートの上に放る。

唯一の証拠品。白戸は袋を手に取り、女を追った。カゴ抜けした現場は自分がしっかりと見届けている。相手がゴネたなら、レシートチェックでもしてもらえばいい。

階段を上りながら、深田に連絡を入れた。

「はい、深田」

「白戸です。今、女性を追跡中。カゴ抜けです」

「ちょっと、追跡ってどういうこと？」

「商品は僕が押さえています。出口のところに、誰か寄越してください」

「ダメ、戻りなさい。あたしもすぐに行くから」

「そんなことしたら、見失います」

白戸は通話を切り、階段を駆け上がった。

女は白戸の姿を見てパニックを起こしたのか、そのまま一直線に出口へ向かっていく。外に出れば、いよいよ言い逃れはできなくなるのに。

白戸は袋を手に、距離を詰めていった。

深田に連絡したにもかかわらず、出口付近に保安員らしい人影はなかった。面が割れないよう、用心しているのだろうか。女は表に飛びだした。

店の前の広場では、古本市が開かれていた。大小様々なワゴンが並び、本が陳列されている。

人と人の間を器用にすり抜けながら、女は全速力で走っていく。ぐずぐずしてはいられない。白戸も表へと出た。

『何があっても店から出るな』

ふいに、あの走り書きが頭を過《よ》ぎった。あれはどういう意味だったのだろう。目の前に本を抱えた老人が飛びだしてきた。身を捻り、何とかよける。だがその隙に、女の姿を見失った。慌てて周囲を見回す。それらしい後ろ姿はどこにもない。

「どこだ……？」

独りごちた白戸は、呼吸を整えるため大きく息をする。そのとき、袋を持つ右手をそっと誰かに摑まれた。振り向いた白戸の前に、深田が立っている。

「あ、深田さん……」

「お客さま、何かお忘れではありませんか」

6

白戸の目から、深田以外のものが消えた。彼女の顔つきは厳しく、右手を握る力は徐々に強くなっていく。

「お客さま、ちょっとこちらへきていただけませんか？」

「ふ、深田さん……？」

「ここでは人目がありますから。お店に戻っていただけませんか？　あなたのためでもあるんです」

「ちょっと、何を言ってるんですか」

白戸は深田の手をふり払った。「早く女を探してください。まだこの近くにいるはずです」

「女って、何のこと？　あたしはあなたに話をしているの。言いたいことがあるのなら、中で聞くわ」

白戸たちの周りに、人々が集まり始めてきた。おばさんと若い男の言い争い。他人にとっては興味深い見せ物であろう。

そんな周囲の様子も、深田にはまったく気にならないようだ。冷たい声で白戸に言う。

「捕まったその日のうちに、同じ店で万引するなんて。あたしも初めてだわ、こんなケース」

その言葉で、ようやく状況が飲みこめてきた。白戸の手にある袋には、レジを通っていない品物が詰めこまれている。前後の事情を知らない者にとって、白戸は万引の現行犯なのだ。深田の口許がかすかに動いた。それは嘲笑の笑みだった。はめられた。白戸が悟ったとき、すべては手後れだった。


保安室は前にも増して寒々として見えた。向かいに座る深田は脚を組み、煙草に火をつけた。横目で白戸を見やり、

「ここの店長は、万引には寛容なの。警察に通報することは滅多にない。まあ、そのことが万引天国を助長しているんだけど……」

深田を制し、白戸は言った。

「これは、いったいどういうことです？　どうしてこんなことを？」

「それはこっちのセリフ。あなた、自分の立場がまだ判っていないようね。あなたは万引犯として、ここにいるのよ」

二人の間にあるテーブルには、女が残していった袋の中身が積み上げてある。ひじきのパックが二つ、てんぷら盛り合わせが一つ、野菜コロッケ二パック、刺身盛り合わせ二パックなどなど。金額にして四千円くらいにはなるだろうか。

「いくら寛容といっても、ここまでの金額じゃねえ。それに、あなたは初犯じゃないし」

「え？」

深田は一枚の紙を机に置いた。現認処理票。氏名欄には白戸の名前が、被害品欄にはＣＤ一枚と記入されている。深田はぱんと机を叩き、

「あんたはこれで、一度捕まったことになってるの」

「だって、あれは……」

「あなたを取り調べたのはあたしよ。あなたが何と言おうと、この現認処理票がある限り、あなたは万引をしたことになっているの」

あがけばあがくほど、白戸は罠の中に落ちていく。まるで蟻地獄だ。深田は吸い殻を床に捨て、ニヤリと笑う。

「二回目となると、話は変わってくる。警察に通報しないといけないのよ」

警察という一言に、白戸は腹を決めた。

「どうぞ。呼ぶなら呼んでください」

「あら、そんなこと言って大丈夫？」

「警察だってバカじゃありません。僕の言い分だって聞いてくれるはずだ。少し調べれば……」

「だからあなたはお人好しだって言うの。あたしが何のために、ここまで手のこんだことをしたと思ってるの？」

「手のこんだこと……？」

「あなたはね、あたしに言われるがまま、デパートの売場をかけずり回ったのよ。携帯電話を片手にね。あなたは万引犯を探しているつもりだったでしょうけど、他の人にはどう見えたかしら」

「どういうことです？」

「あなたは立派な挙動不審者よ。どの売場でも、あなたのことは覚えていると思うわ。店内をうろついて、何も買わずに帰っていったって証言してくれるはずよ」

CDショップの店員、食品売場の店員、焼肉の実演販売員――彼らの顔が頭を過ぎる。皆、白戸の顔を覚えているだろう。

白戸は自分の携帯を取りだした。そこには、深田からの着信履歴が残っているはずだ。

「無駄よ。あなたとの通話に使った携帯は、処分したわ。徹底して調べれば判るかもしれないけど、たかが万引で、警察もそこまでしないでしょう」

ためしにダイヤルしてみるが、応答はない。深田の唇がゆがむ。

「どう、判った？　今日のことはね、初めからすべて仕組まれたことなの。あなたがここでスーツを買おうと決めたときからね」

「買おうと決めたときって……まさか、あのチラシは……」

毎日、しつこく配られた安売り宣伝のチラシ。

「『キクマ』はあんなもの配っていないわ。そんなことしなくても、あそこは繁盛しているの。あれは、あたしが適当に作ったものよ」

白戸はまんまと誘《おび》き寄せられたというわけか。深田はつづける。

「偶然なんて、一つもないの。あなたが今こうしてここにいるのは、すべて計画されたことなの。あなたのポケットからCDが出てきたことも含めて」

白戸は深田の目を見つめる。

「あれは、あなたが……？」

CDを見ている最中、白戸は深田と目を合わせている。あのとき、既にCDはポケットに入っていたのか。

食品売場で万引した女も、彼女の仲間なのだろう。わざと万引を発見させ、白戸を店外へと誘きだした……。

「でもどうして？　どうしてこんなことを？　目的は何なんです？」

「それは言えないわ。あなたには何も恨みはないけれど、これもビジネスなの。あなたを警察に突きださなければならないわ」

深田は立ち上がり、壁の電話を取る。内線ランプが点る。万事休す……。

「その必要はない。深田重子」

保安室の扉が開き、男が二人入ってきた。深田が目を見開いて怒鳴る。

「な、何なの、あんたたち」

右側には長身痩軀の男。左側には赤毛のジャンパー姿の男。二人とも見覚えがあった。白戸は思わず腰を浮かす。

「あなたたちは……」

本屋の万引を目撃した後、白戸は長身の男とぶつかりそうになった。外国人万引犯から白戸を助けてくれたのは、赤毛の男。

深田は受話器をフックに戻し、二人に向き直った。

「あんたたち、新しくきた警備員？　少しは礼儀ってものをわきまえたらどうなの」

長身の男が、ポケットから紙を取りだす。レシートのようだ。

「礼儀をわきまえるのは、そちらだろう。あんたが捕まえたのは、万引犯じゃない。証拠はここにある」

「証拠だって、バカなこと言ってるんじゃないよ。証拠はね、あそこにある商品さ。レジを通ってないあの商品を、あいつは……」

まくしたてながらも、差しだされたレシートを手に取る深田。その顔がみるみる青ざめていく。

「そ、そんな、バカな……」

赤毛が一歩前に進み出た。

「そのレシートは、あそこにいる男がレジで金を支払ったという証拠だ」

深田は机のところへ取って返し、商品をレシートと照らし合わせていく。

「ひじき、天ぷら盛り合わせ、野菜のコロッケ……そんなバカな」

深田の手からレシートがひらひらと舞い落ちた。白戸は上からのぞきこむ。

レジでの会計時間は、午後四時四十五分。白戸が女を追い、表に出た時刻と一致する。商品もすべて合っている。日付けも間違いなく今日のものだ。

考えられることは一つ。何者かが、万引の被害品と同じ物を同じ数だけ購入したということだ。

白戸は顔を上げ、戸口に立つ二人を見た。

「もしかして、あなたがたが……」

長身の男が、黙るよう手で合図を送ってきた。同時に、赤毛がまた一歩前に出る。

「深田重子、あんたのしてきたことはすべて摑んでいる。狙いをつけた者に万引の濡れ衣を着せ、強請《ゆす》っていたことも」

白戸は思わず声をあげた。

「何ですって？　強請り？」

赤毛は白戸を無視し、さらに一歩深田に近づいた。

「あんたが、このデパートの商品を横流ししている証拠もある。その穴埋めに、架空の万引グループをでっちあげていることも」

「横流しだって？　よ、よくもそんなでたらめを……」

「いい加減にしたらどう？　深田重子さん」

凛《りん》とした声が、響きわたった。いつの間に入ってきたのか、二人の男の後ろに女が立っていた。焦げ茶色のフレアーパンツにタートルネックのニット、そこにワインレッドのジャケットをはおっている。切れ長の目、ストレートの長い髪……。

その姿に、白戸は見覚えがあった。

「山霧《やまぎり》純子《じゅんこ》……さん？」

「あら、覚えていてくれたのね」

切れ長の目で白戸を見つめ、にこりと笑う。「また、あなたの世話になっちゃったわね。ご苦労様」

「ご苦労様って……」

純子は二人の男を下がらせ、言った。

「この深田重子もね、元スリなの。私たちの仲間だった人よ」

深田が動いた。低い唸り声とともに純子に組みついた。背後より羽交い締めにし、首筋にハサミを突きつける。

「さあ、動かないで」

男たちが身動きする間も与えない、電光石火の早業だった。白戸の存在など、もはや完全に忘れている。

「くやしいけど、あたしの負けね。でも、このままでは終わらせないわよ」

鋭く尖った刃先を突きつけられながらも、純子に動揺は見られない。

「あなたを警察に突きだすつもりはないわ。私も警察は嫌いだから。でも、放っておくこともできない」

「お黙んなさい。あんたみたいな小娘にでかい顔はさせないよ。あたしはまた、自分の腕で勝負するんだから」

「あなた、まだそんなことを？」

「平凡な毎日には、飽き飽きしてるんだ。毎日毎日あくせく働いて、ちまちま稼ぐなんて、もうこりごりなんだよ」

「それで、こんなことを始めたわけね」

「そうさ。万引ってのは、不思議な犯罪よ。食うに困ってコロッケ一個盗るヤツもいれば、財布に大金持ってるのに百円のガムを盗るヤツもいる。捕まえたとたんに泣きだすヤツもいれば、万引なんて犯罪じゃないと思ってるヤツもいる」

深田はいったん言葉を切り、何とか隙を見つけようとにじり寄る二人の男に視線を移した。男たちの動きがぴたりと止まる。薄笑いを浮かべ、深田はつづけた。

「でもね、万引をどう思っていようと、あたしが現認処理票を書き、警察に通報した時点で、そいつの人生は終わる。ボールペン一本で免職になった教師もいたわ。子供が万引したからって辞職した警察官もいた。化粧品二点の万引で、離婚された女もいた。万引は犯罪なの。立派な窃盗なのよ。あたしは、そこを利用させてもらうことにした」

「万引を揉み消す代わりに、脅迫したってわけね」

「そう。企画会社の社長もいたわ。校長先生もね。自業自得ってやつよ」

深田は白戸に目を移すと、

「いいこと教えてあげるわ。あなたをひっかけた万引女、婦人警察官よ、交通課の。ストッキング一足を盗ったところを声かけしたの。後は言いなりだったわ」

「でも、あなたが濡れ衣を着せた人たちはどうなるの？　自業自得じゃ済まないわね」

「運が悪かったとあきらめてもらうよりないわね」

「きさま！」

二人の男は拳を握り締め、深田をにらみつける。純子はそんな二人を目で制し、

「それがあなたのサイドビジネスってわけね。依頼を受け、狙った相手を陥れる」

「スリの技術は物を盗るばかりじゃない。入れることだってできる。たいていの人は、万引で捕まったことだけでブルってしまう。だから、警察に通報するまでもないわ。ここで責めたてれば、イチコロよ。成功率は九割ってとこかしら」

狙った相手を陥れる。つまり、白戸もそれにひっかかったということなのか。だが、いったい誰が？　貧乏学生の白戸を陥れ、誰が得をするというのか。

「あ……」

一人いる。白戸に恨みを持つ者が。何としても、彼を蹴落とそうとしている者が。

「依頼人は、向山ですか」

深田の右頰がぴくりと動く。白戸はつづけた。「僕を万引犯に仕立て上げるよう、彼が頼んだんですね」

「万引犯に仕立てあげることだけじゃない。万引犯として、警察に引き渡せ。そういう依頼

だったわ。だから、難しかったんじゃないの」

深田は純子の喉に刃を食いこませ、二人の男を壁際まで下がらせる。「向山が何を狙っているか、あんたにも判るでしょう」

「僕が万引犯として警察に捕まれば、内定は取り消しになる……」

「その通りよ。あんたがいなくなれば、自分が繰り上げで就職できる。向山はそう考えたようね」

じりじりと戸口へ近づく深田。彼女がこうして喋っているのは、逃走の機会を探っているに違いない。

「あたしのことを何処で聞いてきたか知らないけど、あいつ、あなたのことをよほど恨んでいるみたいね」

「ただの逆恨みです。僕は何もしていない」

「あたしが言うのも何だけど、向山は人間のクズだわ。あなたみたいなお人好しをはめるなんて、気分のいいものじゃない。失敗してよかったのかもしれないわね」

それまで黙りこんでいた純子が、ふいに口を開いた。

「だいたいのことは判ったわ。それであなた、これからどうするつもり？」

「あんたらに見つかったんじゃあ、もう保安員の仕事はできないわね。しばらくどこかでのんびりするわ」

「そんなこと、私たちが許さないわ」

「さあ、どうかしら」

深田は純子の背を突き飛ばすと、廊下へと飛びだした。二人の男が後を追う。白戸は純子に駆け寄った。刃をあてられていた箇所から、血が出ている。

「大丈夫ですか？」

「ご心配なく、かすり傷よ。おとなしく捕まっているのも、楽じゃないわね」

純子が捕まっていたのは、深田の口を割らせる計略だったというのか。

「彼女、追わなくていいんですか？」

「表に仲間がいるわ。うまくいけば、捕まえてくれる。多分、無理だろうけど」

「無理？」

「深田重子は飛び抜けて優秀なスリだった。自分に不可能はない、そう言っていたわ。その奢りが、彼女をあんなにしてしまったのね」

首の傷にハンカチをあてながら、純子はつぶやいた。「さあ、早くここを出ましょう。長居は無用よ」

7

デパート前の広場は、あいかわらずの賑わいを見せている。正面扉のところに、長身の男がぽつんと立っていた。純子の姿を見つけ、近づいてくる。

「申し訳ありません。見失いました。一応、周辺を調べてはいますが」

「あなたにまかせるわ。何としても見つけてちょうだい」

純子はそう言いおくと、さっさと歩を進めていく。長身の男は小さくため息をつき、表通りへと駆けだしていった。

その後ろ姿を見つめながら、純子がつぶやいた。

「多分、無理だと思うけど」

白戸は純子に並び、言った。

「わざと逃がしたみたいです」

「そう見えた？」

「ええ」

「深田重子が言ってたこと、もっともだと思うわ。わたしも飽き飽きすることがある。平凡な毎日にね」

純子の顔には、不敵な笑みが浮かんでいる。「彼女のしたことは、憎むべきことだけど、その気持ちが判らなくもないのよ」

「それで、逃がしたんですか？」

「不満？」

「いえ」

「あいかわらず、お人好しね」

「みんなにそう言われます」

「ただ、彼みたいな人には、一応の償いをしてもらおうとは思ってるの」

純子が後ろを向き、入り口を指さした。正面玄関から向山が出てくるところだった。恨みのこもった目で、じっとこちらをにらんでいる。

向山が自動ドアを抜けた瞬間、ピーという電子音が響いた。ぎょっとして足を止める向山。慌てて、スーツのポケットを探り始める。上衣のポケットから出てきたのは、真っ赤な女性用の下着だった。

「な、何だよこれ」

両側のポケットから下着があふれ出てくる。レッド、ブラック、ピンク、ブルー。人々が集まり始めた。下着はズボンのポケットにも入っていたらしく、向山の足許には下着の山ができている。白戸の傍にいた女性が眉をしかめ、「変態」とつぶやいて足早に歩き去った。

パニックに陥った向山は、上衣を脱ぎ捨てる。その瞬間、見物客の間から歓声ともため息ともつかぬものが一斉にあがった。ワイシャツの胸ポケットにゴールドのパンティが入っていたのだ。

「お客さま、申し訳ございませんが、ちょっとこちらへ」

騒ぎを聞きつけてやってきた、保安員だった。両側をがっちりと固められ、保安室へと連行されていく向山。そんな様子を純子は満足げに眺めている。

「下着につける小さな商品札の中に、チップが埋めこんであるの。はずさずにゲートをくぐると、ブザーが鳴る。最近の防犯器具は優秀だわ」

目の前にいる小柄な女性が、魔物に思えてきた。

「あ、あのぅ、山霧さん、僕はそろそろ……」

「いろいろありがとう。あなたのおかげで、現場を押さえることができた」

「いえ、助けてもらったのは、僕の方ですから」

「いいのよ」

純子はくるりと踵を返し、歩きだした。その後ろ姿はあっという間に人込みに隠れ、見えなくなった。

『激安のキクマ』でスーツを受け取ると、白戸は逃げるようにして、デパートを出た。あんな騒ぎの後だ。店員と顔を合わせるのも気恥ずかしい。

広場に戻り、ほっと息をつく。古本市もまもなく終わりを迎えるらしい。ラジカセから蛍の光が流れていた。

ベンチに座り、袋をのぞきこむ。『激安のキクマ』の中でもっとも激安のスーツ。だが、スーツが入っているだけにしては、妙に袋が重い。

テープで留めてある袋を開ける。

「え?」

中にはスーツ一式のほか、ワイシャツ、ネクタイ、さらには靴までが入っていた。

シャツの襟元に、ピンでメモが留めてある。ボールペンの走り書きで、

「また会いましょう　山霧純子」

白戸は慌ててスーツを引っぱりだした。『キクマ』で買ったものとは、手触りが全然違う。

内ポケットに記されたブランド名は、『ポールスミス』となっていた。

あとがき

登場人物が作者の手を離れ、かってに動きだす。白戸修は、まさにそんなキャラクターです。

初登場である「ツール&ストール」を書いたとき、白戸修は一登場人物にすぎませんでした。「彼を主人公にしてシリーズものを書く」なんてことは、考えてもいなかったのです。彼の再登場を決めたのは、第二作「サインペインター」を書く直前であったと記憶しています。

流れというのは恐ろしいもので、その後一年足らずの間に三作を書き、ついには一冊の本にまとまりました。ありがちな表現で恐縮ですが、そのことに一番驚いたのは、作者自身であったのです。

このシリーズを書いている間に、白戸修はいつしか「白戸クン」と呼ばれるようになり、「巻きこまれ探偵」「お人好し探偵」という愛称まで頂戴しました。白戸修本人が聞いたら「ちっとも誉められている気がしない」と首を傾げるかもしれませんが、作者は大喜び。次は彼をどんなひどい目に遭わせようかと、ニヤニヤしながら考える毎日でした。

さて、その後の白戸修はといえば、あいかわらず中野に出かけては、いろいろな事件に巻きこまれています。まったくもって、お人好しです。

今後、彼がどのような活躍（？）を見せるのか、それは私にも判りません。

落語の「素人鰻」ふうに言えば、

「前にまわって、白戸修にきいてくれ」

二〇〇五年四月

大倉崇裕

解説

千街晶之（ミステリ評論家）

ミステリにはしばしば、巻き込まれ型の主人公というものが登場する。目が覚めたら自分の横で見知らぬ女が殺されていた、別人と勘違いされて暴力団に追われる身となった、気がつかないあいだに車のトランクに死体が入っていた、たまたま入手した古書に政府を覆すほどの巨大な秘密が隠されていた……等々、本人には全く悪気はないにもかかわらず、ある日突然不運に見舞われて窮地に陥ってしまう、可哀相なキャラクターたちのことである。

犯罪レヴェルの大事《おおごと》ではなくても、人間誰しも、身に覚えのない災難に頭を抱えたことの一度や二度はある筈だ。巻き込まれ型主人公が登場するミステリが数多《あまた》あるのも、その点で読者が主人公に感情移入しやすいからだろうし、読んでいてリアリティを感じるからだろう。

ただし、そういうキャラクターが、二度、三度と犯罪に巻き込まれる例は案外少ない。リアリティの見地からすれば、（警察官や私立探偵ならともかく）同じ人間がそんなに繰り返し事件に関わるのはおかしいという考え方もあるだろうし、書き手や読み手にとっても、罪のない主人公を何度も犯罪に巻き込んでは気の毒という思いが、心のどこかに存在しているからなのかも知れない。

ところが、ここに、何かにつけてトラブルに巻き込まれてばかりの青年が存在する。彼の名は白戸修。本書は、ある意味で究極の巻き込まれ型キャラクターとも言えそうな彼を主人公とする、五つのミステリを収録した短篇集である。

著者の大倉崇裕は、一九六八年、京都府に生まれた。学習院大学法学部を卒業後、洋酒系企業や警察雑誌の編集部勤務の傍ら、江戸川乱歩賞作家・海渡英祐の小説講座に通うようになったのをきっかけに小説の執筆を開始。幾つかのミステリ系新人賞に作品を投じ、何度か最終候補まで残っている。転機となったのは九七年で、この年、「三人目の幽霊」で第四回創元推理短編賞の佳作を受賞した。同じ年には、「エジプト人がやってきた」が鮎川哲也編『本格推理10』(光文社文庫)に収録されている。そして翌九八年、「ツール&ストール」で第二十回小説推理新人賞を受賞し、本格的デビューを果たした(受賞当時の筆名は円谷夏樹)。

二〇〇五年四月現在、単独での著書は次の通り。

1 『三人目の幽霊』(二〇〇一年五月) 東京創元社

2 『ツール&ストール』(二〇〇二年八月) 双葉社→双葉文庫(本書、文庫化にあたって改題)

3『七度狐《しちどぎつね》』（二〇〇三年七月）東京創元社
4『無法地帯　幻の?を捜せ!』（二〇〇三年一二月）双葉社
5『やさしい死神』（二〇〇五年一月）東京創元社
（1、3、5は牧大路《まきおおみち》&間宮緑シリーズ）

これらの他に、「刑事コロンボ」のノヴェライゼーション『殺しの序曲』（二〇〇〇年四月、二見文庫。円谷夏樹名義）『死の引受人』（二〇〇〇年一〇月、二見文庫）がある。今のところ、落語専門誌編集長・牧大路とその部下の間宮緑のコンビが活躍するシリーズの作品数が多いが、『無法地帯　幻の?を捜せ!』では、オタクの世界を舞台に選んで話題を呼んだ。

いずれも、多彩な趣味を持つ著者ならではの個性的なミステリであり、本書も例外ではない。主人公の白戸修は、一見、どこにでもいそうな善良な大学生である。だが彼は、好んで危険な生き方をしている訳でもないのに、犯罪に巻き込まれる確率がやたらと高い。

友人にかけられた殺人の嫌疑を晴らそうとした白戸が、元刑事の山野井に連れられて事件の鍵を握るスリを捜すうちに、スリのさまざまなテクニックを垣間見ることになる「ツール&ストール」一篇を読んだだけでは、読者はこの頼りない青年が、まさか後に名探偵としての役割も果たすとは予想出来ないに違いない。ここでの彼は、他の登場人物たちによって翻弄され、右往左往する一方なのだから。

それもその筈、著者は当初、白戸を探偵役にするどころか、シリーズ・キャラクターにする予定もなかったようなのである。《ミステリマガジン》二〇〇三年一〇月号掲載のインタヴュー（『ミステリアス・ジャム・セッション』第三十三回、インタヴュアー＝村上貴史）によれば、この作品の続篇を書いてほしいという編集者からの要請に応えるべく、最初はスリの方に焦点を当てようとしたものの、第二作のネタとして浮かんできたアイディアに合わせて、白戸をシリーズ・キャラクターに起用することに決めたらしい。

　結果論になってしまうが、この路線変更は大正解だったのではないだろうか。というのも、基本的にこのシリーズは、「誰が犯人か《フーダニット》」や「どうやってやったか《ハウダニット》」といった謎も含みつつ、「そもそも何が起こったのか《ホワットダニット》」をメインの謎として提示するタイプのミステリが多いからだ。起こった事件の性質が早い段階で判っている物語ならば、名探偵的キャラクターとして主人公の属性を固定させておいた方が何かと好都合かも知れないが、本書では白戸を巻き込まれ型キャラクターにしておいたからこそ、主人公にも読者にも何が起こっているのか判らず、先の予想のつかないストーリー展開を、シリーズの大きな特徴とすることが出来た訳である。白戸を探偵役として起用したければ、そういう設定に合う事件を用意すればいいし、純粋な巻き込まれ型キャラクターとして使用したければそれも可能、限られた枚数をいかようにも使える――という特性は、このシリーズに、通常の名探偵が活躍するシリーズよりも、遥かにヴァラエティに富んだ印象を与えることになった。

　さて、「ツール＆ストール」では、白戸は最後まで翻弄されっぱなしだが、幕切れには爽やかなオチが用意されている。ミステリとしての仕掛けのみならず、スリの数々の巧妙な手口を教えてくれる情報小説としての面白さも抜群であり、著者のその後の活躍ぶりを予感させる痛快なデビュー作と言える。

「ツール&ストール」での白戸と山野井の待ち合わせ場所は中野駅だったが、それ以来、中野という街は白戸にとって鬼門と化したらしい。第二作「サインペインター」は、怪我をした友人からアルバイトの代行を頼まれた白戸が、待機場所である中野駅に出向いたところから始まる。ところがそのバイトとは、街路樹や電柱に許可なく看板を取りつける仕事、通称ステ看貼り。もちろん違法であり、警察に見つかれば軽犯罪法違反で捕まるという危険な仕事である。事情を呑み込めないままあちこちに引き回され、ステ看貼りを実行させられる羽目になった白戸。しかし、ステ看貼りグループ同士の縄張り争いの意外な裏事情が見えてきた……。

この作品は、前作よりも本格ミステリ度が格段にアップしているが、それに合わせたのだろう、白戸はめでたく(?)探偵役に昇格する。ラストでの彼の名探偵ぶりは、「ツール&ストール」であたふたしていたのは一体いつの話か——と言いたくなるくらい颯爽としていて、その意味でも意外性充分な作品だ。

次の「セイフティゾーン」は、シリーズ中では異色作と言えるかも知れない。というのも、この作品で白戸が巻き込まれる犯罪は銀行強盗。他の作品と較べても、事件の凶悪度がケタ違いなのである(「ツール&ストール」には殺人事件が出てきたけれども、直接巻き込まれたのは白戸の友人だった)。

白戸は中野の銀行に預金を下ろしに行ったところ、一万五十一円ある筈の残高が銀行側の手違いで五十一円しか残っていないことに気づいた。それだけでも災難だが、トイレを借りているあいだに、銀行は武装強盗グループに占拠されてしまう。白戸以外に、人質になることを免れたのは、銀行の清掃員で、やたらと腕っぷしが強い芹沢という男のみ。ところが、芹沢は警察への通報を何故か頑強に拒む。この一大危機をどう切り抜けるのか。そして、芹沢は強盗の一味ではないにもかかわらず、何故通報を拒むのか。二つの興味で読者を牽引する、サスペンスとアクションの色合いが濃い一篇である。

「トラブルシューター」では、中野駅で人と待ち合わせをしていた白戸が、またしても偶然の出来事をきっかけに、ストーカー被害を受けている女性のボディガードを担当する私立探偵から、半ば強引に協力を要請されることになる。探偵の話によれば、一カ月も被害者の傍にいるにもかかわらず、ストーカーの身元を特定出来ないままだという。白戸はプロの探偵顔負けの注意力と推理で、事件の真の構図を見破ってみせるのだが、謎は解けても事件は最終的には決着していないだけに、関係者のその後が気になる。

最後の「ショップリフター」の舞台は中野のデパートである。出版社への就職が決まり、明日は入社式という日、このデパートで万引犯と間違えられそうになった白戸は、保安員・深田の指示に従って、デパート内で本物の万引犯を捜すことになる。この作品ではデパートでの万引の手口が、白戸の行動に自然に絡めながら詳細に紹介されており、犯罪情報小説としての面白さは、巻頭の「ツール&ストール」と双璧を成す。他の短篇で既出の人物が再び顔を見せるなど、本書の大詰めを飾るに相応しい作品に仕上がっている。

スリ、ステ看貼り、万引――等々、本書で取り上げられた犯罪の多くは、普通の新聞や雑誌の報道記事にはまず載らないようなものである（『三人目の幽霊』が「日常の謎」路線の短篇集だったのに対し、本書が「日常の軽犯罪」と形容された所以である）。それぞれの犯罪の手口の紹介は詳細を極めているが、それが警察雑誌編集部に勤めていた著者の経歴に起因していることは想像に難くない（そういえば、表題作に登場する白戸の友人が入社した出版社は「警察日報」という警察関連の業界紙を発行していることになっている）。これは、著者のミステリ作家としての強力な武器であろう。

無論、軽犯罪といえども犯罪は犯罪。れっきとした被害者が存在する以上、ただのお気楽な話で終わる訳はないし、かなり陰湿な犯人も登場する。にもかかわらず、本書は一種のシチュエーション・コメディ仕立てになっているため、実に爽やかで愉しい短篇集として読める。中野に行った時に限ってトラブルに巻き込まれるという設定にしても、コミカルなお約束として機能しているし、各篇の幕切れもそれぞれ気が利いている。

本書が醸し出す爽やかさは、白戸修という主人公のキャラクター造型にもよるものだろう。本書の単行本版のキャッチ・コピーで「お人好し探偵」と形容された白戸だが、本書を読み終えた時、ややネガティヴなイメージのあるお人好しという言葉よりは、もっと何か妥当な表現はないものかと考えた記憶がある。確かに、「ツール&ストール」の山野井、「サインペインター」の日比、「セイフティゾーン」の芹沢、「トラブルシューター」の北条、「ショップリフター」の深田といった押しの強いタイプの人間に逆らえない気の弱さが、白戸がトラブルの引力圏に引き寄せられてしまう大きな原因であることは間違いないものの、彼は決して単に弱気なだけの人物ではないし、その行動も消極的な選択の結果ではない。殺人犯の汚名を着せられそうになった友人や、休むとクビになるバイトの日に怪我をした友人や、自分にお金を貸してくれた銀行の案内係らのために、彼は敢えて一肌脱ごうとするのであり、俠気溢れる性格とでも表現した方が良さそうだ。筆者は冒頭で、白戸を巻き込まれ型に分類しておいたけれども、そういう意味では自ら窮地に身を投じている面もあるので、通常の巻き込まれ型主人公とは一線を画する存在と考えた方がいいのかも知れない。更に、観察眼も鋭く、好奇心もなかなか旺盛である白戸は、自覚の有無はともあれ、名探偵としての素質を充分に持ち合わせた人物と言えそうだ。

さて、五つの物語を読み終えると、白戸のその後がどうしても気になってくる。社会人になっても、右に記したような彼の性格からして、平穏無事なだけの生活は送っていないだろう(彼にとっての鬼門・中野とも、なかなか縁が切れないのではという気もする)。本書に続く第二の事件簿も読みたい——というのは、作者に対してはともかく、白戸にとっては酷な要求だろうか。

この作品は、二〇〇二年八月に小社より刊行された『ツール&ストール』を改題しました。

双葉文庫

お-20-02

白戸修《しらとおさむ》の事件簿《じけんぼ》

2005年6月20日　第1刷発行

【著者】
大倉崇裕《おおくらたかひろ》

【発行者】
佐藤俊行

【発行所】
株式会社双葉社
〒162-8540 東京都新宿区東五軒町3番28号
［電話］03-5261-4818（営業） 03-5261-4831（編集）
［振替］00180-6-117299
http://www.futabasha.co.jp/
（双葉社の書籍・コミックが買えます）

【印刷所】
大日本印刷株式会社

【製本所】
株式会社宮本製本所

【表紙・扉絵】南伸坊
【フォーマット・デザイン】日下潤一
【フォーマットデジタル印字】ブライト社

ISBN4-575-51015-7 C0193